RÉPONSE

A L'EXAMEN CRITIQUE

INSÉRÉ

DANS LE JOURNAL ASIATIQUE.

AUTRES OUVRAGES DU MÊME AUTEUR

RELATIFS A L'ORIENT.

MÉMOIRE SUR L'ORIGINE ET LA PROPAGATION DE LA DOCTRINE DU TAO, ou de la RAISON SUPRÊME, fondé, en Chine, par LAO-TSEU. etc.; suivi de deux OUPANICHADS DES VÉDAS, avec le texte sanskrit et la traduction persane. Paris, Dondey-Dupré, 1831, in-8°.

ESSAI SUR LA PHILOSOPHIE DES HINDOUS, par Colebrooke; traduits de l'anglais et augmentés de notes nombreuses. Paris, 1833, in-8°, Hachette.

DESCRIPTION HISTORIQUE, GÉOGRAPHIQUE ET LITTÉRAIRE DE L'EMPIRE DE LA CHINE; Iʳᵉ partie, un volume à deux colonnes, avec soixante-douze planches. Paris, 1838, F. Didot.

LE TA-HIO, OU LA GRANDE ÉTUDE, le premier des quatre livres de philosophie morale et politique de la Chine; ouvrage de KHOUNG-TSEU et de son disciple THSENG-TSEU, en *chinois*, en *latin* et en *français*, avec le Commentaire de TCHOU-HI et des notes. Paris, 1837, gr. in-8°, F. Didot.

LE TAO-TE-KING, OU LE LIVRE RÉVÉRÉ DE LA RAISON SUPRÊME ET DE LA VERTU, par LAO-TSEU, traduit en français, et publié pour la première fois en Europe, avec une version latine et le texte chinois en regard; accompagné du Commentaire complet de SIE-HOEI, d'origine occidentale, et de notes tirées de divers commentateurs chinois. Iʳᵉ livraison, gr. in-8°. Paris, janvier 1838, F. Didot.

DE L'ORIGINE ET DE LA FORMATION DES DIFFÉRENTS SYSTÈMES D'ÉCRITURES ORIENTALES ET OCCIDENTALES. Paris, août 1838, in-4°. (Extrait de l'Encyclopédie nouvelle.) Épuisé.

DOCUMENTS HISTORIQUES SUR L'INDE, traduits du chinois. Paris 1840, in-8°, (Extraits du nouveau JOURNAL ASIATIQUE.)

LES LIVRES SACRÉS DE L'ORIENT. Paris, 1840, un grand volume in-8° à deux colonnes, comprenant le CHOU-KING, traduction revue et annotée; les SSE-CHOU, ou QUATRE LIVRES, traduction nouvelle; les LOIS DE MANOU, LE KORAN, etc. Paris, F. Didot.

CONFUCIUS ET MENCIUS, ou les QUATRE LIVRES DE PHILOSOPHIE MORALE ET POLITIQUE DE LA CHINE, traduits du chinois. 1 vol. in-12. Paris, Charpentier, 1841. (2ᵉ édition, revue.)

DOCUMENTS STATISTIQUES OFFICIELS SUR L'EMPIRE DE LA CHINE, traduits du chinois. Paris, F. Didot, 1841.

SÂVITRI, épisode du MAHÂBHÂRATA, traduit du sanskrit et orné de vignettes indiennes. Paris, 1841, Curmer.

RÉPONSE

A L'EXAMEN CRITIQUE

DE M. STANISLAS JULIEN

INSÉRÉ DANS LE NUMÉRO DE MAI 1841

DU JOURNAL ASIATIQUE,

PAR M. G. PAUTHIER.

Ὃς τῖς τοι δοκέει τον πλησίον ἴδμεναι οὐδὲν,
Ἀλλ' αὐτὸς μοῦνος ποικίλα δήνε' ἔχειν,
Κεῖνός γ'ἄφρων ἐστὶ, νόου βεβλαμμένος ἐσθλοῦ.

TROGNIS.

PARIS.

IMPRIMERIE ROYALE.

—

M DCCC XLII.

RÉPONSE

A

L'EXAMEN CRITIQUE

DE M. STANISLAS JULIEN,

INSÉRÉ DANS LE NUMÉRO DE MAI 1841

DU JOURNAL ASIATIQUE.

Ce n'est pas sans une surprise extrême, je l'avoue, que j'ai lu le cahier du Journal asiatique dans lequel M. Stanislas Julien fait, en dix feuilles d'impression, ce qu'il intitule un *Examen critique de quelques pages de chinois relatives à l'Inde*, traduites par moi, et publiées dans le même Journal, sur la fin de 1839 et au commencement de 1840. Il m'a paru d'abord étrange, pour ne rien dire de plus, de voir, après un laps de temps de dix-huit mois, un professeur de chinois au Collége de France employer cent cinquante-huit pages d'impression à la critique de *quelques pages* de traduction, comme il daigne qualifier mon travail, et cela sous une forme et en des termes que l'on n'était plus habitué à rencontrer dans le journal de la Société asiatique.

En effet, les travaux sur lesquels la critique est le plus souvent appelée à s'exercer sont ordinairement choisis dans un autre ordre de publication que des articles de journaux ; ensuite, lorsque cette critique est sincère, loyale, qu'elle a véritablement pour but le progrès de la science, elle ne revêt pas des formes aussi étranges.

Je suis bien loin de me croire infaillible en chinois, comme en toute autre chose, mais surtout en chinois, où, malgré le dogmatisme de M. Julien, les règles d'interprétation sont encore fort peu sûres, lorsque les textes, comme celui dont j'ai publié la première traduction dans le Journal asiatique, ne sont ni ponctués, ni commentés. M. Julien le sait aussi bien que personne ; il sait bien aussi qu'il n'est pas plus infaillible qu'un autre, et s'il l'ignorait, ma réponse ne lui permettra pas d'en douter.

Je suis bien loin, dis-je, de me croire infaillible (celui qui prétend à l'infaillibilité ment aux autres et à soi-même), mais les études auxquelles je me suis livré depuis douze ans, et non pas depuis quinze ans, comme le prétend M. Julien ; les publications que j'ai déjà faites, avec quelque désintéressement peut-être, prouvent, si je ne m'abuse, un peu plus que du *zèle* et des *efforts*, comme il daigne le reconnaître. Sans autre mobile que celui de la science, sans autre but que celui d'être utile, sans prôneurs ni protecteurs d'aucune sorte. (je crois avoir ce-

pendant contribué à répandre la connaissance de
la langue et de la littérature chinoise,)et mérité au
moins quelques égards de la critique de position
officielle et autre. Peut-être même par les publications que j'ai faites ou entreprises malgré toutes
sortes d'entraves, ainsi que par la création d'un
corps de caractères chinois gravés sur acier, sous
ma direction, par M. Marcellin Legrand , ai-je plus
fait pour faciliter l'étude du chinois que M. Julien
lui-même, qui est professeur officiel de cette langue
depuis neuf ans, sans avoir publié, dans ce long
intervalle de temps, un seul ouvrage élémentaire
propre à en faciliter l'étude, à l'exception cependant
(si toutefois on peut le considérer ainsi) du livre
des Récompenses et des peines, que M. Rémusat
avait déjà traduit.

C'est un mérite sans doute, mais un mérite secondaire, que de faire une nouvelle traduction d'un
texte difficile, et, à force d'y passer du temps (dix-
huit mois par exemple), de trouver quelques erreurs
dans le travail primitif. Les personnes qui, les premières, abordent un texte de ce genre, savent seules
les difficultés qu'elles éprouvent et les dangers aux-
quels elles s'exposent, surtout lorsqu'elles en sont
réduites à tirer tous leurs secours d'elles-mêmes.
Quelque imparfait que soit leur travail, il est donc
juste de leur en tenir compte, en raison même des
difficultés qu'elles ont eues à surmonter. M. Julien
ignore sans doute ces difficultés, ou il feint de les
ignorer, puisqu'il n'a vu, dans la traduction qu'a pu-

bliée le Journal asiatique des Documents historiques sur l'Inde, recueillis par les Chinois dans toutes les sources à eux connues, et dans les notes qui accompagnent ces documents, rien autre chose que le sujet d'une critique de dix feuilles d'impression !

Toutes les personnes qui s'occupent de recherches historiques et d'antiquités orientales, surtout indiennes, savent de quelle importance sont les moindres faits qui jettent quelques lueurs sur les temps encore si obscurs de l'Inde ancienne. Les Documents chinois traduits par moi, et publiés dans le Journal asiatique, me paraissaient donc d'une haute importance historique. Le texte de ces documents était connu ; et cependant ni M. Rémusat, ni M. Klaproth, ni M. Jacquet, qui possédait des connaissances étendues en sanskrit comme en chinois, n'avaient osé en entreprendre la traduction. Si j'ai été trop téméraire, moi, comme le prétend M. Julien, c'est déjà, ce me semble, un mérite que d'avoir essayé de faire connaître de pareils documents, lesquels ont, au moins, autant d'intérêt pour la science que l'Histoire des deux couleuvres fées, dont M. Julien a doté le monde savant.

Ces considérations, par lesquelles, cependant, je ne cherche point à atténuer les fautes de traduction que j'aurais pu commettre, m'ont paru nécessaires à présenter pour faire voir que ce n'est pas un sentiment d'équité et de justice, pas plus que *le but de donner des conseils à toutes les personnes qui étudient le chinois*, qui a inspiré la critique de M. Julien.

« La critique, a dit un écrivain français, pouvant
« être considérée comme une ostentation de sa su-
« périorité sur les autres, et son effet ordinaire étant
« de donner des moments délicieux pour l'orgueil
« humain, ceux qui s'y livrent méritent toujours de
« l'équité, mais rarement de l'indulgence. »

Ce jugement me servira de justification si, dans
ma réponse à la critique de M. Julien, je venais à
manquer d'*indulgence*.

Il y aurait deux choses à examiner dans l'œuvre
de M. Julien : la *forme* et le *fond*. Je me bornerai,
pour le moment, à examiner le *fond*. Quant à la
forme, j'en laisse l'appréciation au jugement de
toutes les personnes bien élevées : ce jugement sera
pour moi, quant à présent du moins, une suffisante
réparation.

L'étude de la langue chinoise est, de toutes les
études orientales, celle qui est le moins cultivée,
le moins répandue, et, par conséquent, celle qui ne
peut avoir pour juges qu'un nombre très-limité de
personnes en Europe et même en Asie. N'occupant
aucune position officielle, n'ayant pas, comme
M. Julien, l'avantage d'appartenir à un corps savant, j'ai contre moi, je le sais, toutes les préven-
tions qui peuvent naître d'un pareil état de choses.
C'était donc un devoir pour M. Julien, à part toute
autre considération, de n'avancer dans sa critique
que des faits dont il fût parfaitement sûr; c'était
de la stricte équité. Si je prouve que presque toutes
les critiques de M. le professeur ne sont pas fon-

dées, que la plupart d'entre elles sont d'étranges méprises, comment alors devra-t-on qualifier sa conduite ?

Dans la discussion que M. Julien m'a obligé de soutenir avec lui, je m'adresserai, non-seulement aux sinologues, quelque peu nombreux qu'ils soient, mais encore à toutes les personnes qui ont un jugement droit et non prévenu, qui ont l'habitude des études philologiques, de quelque nature qu'elles soient; je les prends pour juges entre M. Julien et moi. Qu'elles se persuadent bien que j'apporterai dans cette discussion la plus entière bonne foi. Qu'elles sachent bien aussi, ces personnes, que je n'ai jamais fait de la science un marche-pied ; que j'ai toujours eu en vue un but plus élevé et plus digne, dont ne me feront jamais dévier les critiques les plus malveillantes et les plus injustes.

Dans le préambule qui précède sa critique, M. Julien paraît vouloir établir que la connaissance des lois de la grammaire chinoise ne date que de son enseignement au Collége de France, et que tous ceux qui n'ont pas suivi son cours sont incapables de traduire aucun texte chinois. Cette prétention, pour avoir été déjà souvent manifestée, n'en est pas moins passablement ridicule. Il serait difficile de présenter des exemples de *constructions* et de tournures de phrases chinoises, des emplois nouveaux de *particules*, de *prépositions*, qui ne se trouvassent pas dans le Trésor grammatical du P. Prémare, publié en 1831: et les *lois de la syntaxe chinoise*, les *règles de position*, qui, selon M. Julien, *sont presque l'unique boussole du sinologue*, ont déjà été parfaitement formulées par M. Abel-Rémusat, dans ses excellents Éléments de la grammaire chinoise. Voici le résumé qu'il en a donné lui-même (p. 166); il ne sera peut-être pas inutile de le reproduire ici :

« *En général*, dans toute phrase chinoise où il n'y
« a rien de sous-entendu, les éléments dont elle se
« compose sont rangés de cette manière : le sujet,
« le verbe, le complément direct, le complément
« indirect.

« Les expressions modificatives précèdent celles
« auxquelles elles s'appliquent : ainsi l'adjectif se
« met avant le substantif, sujet ou complément; le
« substantif régi, avant le mot qui le régit; l'adverbe,
« avant le verbe; la proposition incidente, circons-
« tancielle, hypothétique avant la proposition prin-
« cipale à laquelle elle se rattache par un adjectif
« conjonctif, ou par une conjonction exprimée ou
« sous-entendue.

« La position relative des mots et des phrases,
« déterminée de cette manière, supplée souvent à
« tout autre signe dont l'objet serait de marquer
« leur dépendance mutuelle, leur nature adjective
« ou adverbiale, positive ou conditionnelle, etc.

« Si le sujet est sous-entendu, c'est que c'est un
« pronom personnel, ou qu'il a été exprimé plus
« haut, et que le même substantif, qui est omis, se
« trouve dans la phrase précédente, dans la même
« qualité de sujet, et non dans une autre.

« Si le verbe manque, c'est que c'est le verbe
« substantif ou tout autre aisé à suppléer, ou qui
« a déjà trouvé place dans les phrases précédentes
« avec un sujet ou un complément différent.

« Si plusieurs substantifs se suivent, ou bien ils
« sont en construction l'un avec l'autre, ou bien ils
« forment une énumération, ou enfin ce sont des
« synonymes qui s'expliquent et se déterminent les
« uns les autres.

« Si l'on trouve plusieurs verbes de suite qui ne
« soient pas synonymes, ni employés comme auxi-
« liaires, c'est que les premiers doivent être pris
« comme adverbes, ou comme noms verbaux, su-
« jets de ceux qui suivent, ou ceux-ci comme noms
« verbaux, complément de ceux qui précèdent.

« Ce peu de mots est le résumé le plus précis
« que l'on puisse faire de toute la phraséologie chi-
« noise. »

M. Stanislas Julien, qui a succédé à M. Rémusat
dans la chaire de langue chinoise au Collége de
France, et qui a été longtemps l'élève de cet homme
si supérieur, a essayé quelques nouvelles théories
de grammaire chinoise. J'examinerai la valeur de
ces théories et l'application qu'il en fait lui-même
selon sa fantaisie. Je me bornerai seulement à remarquer ici que la terminologie grammaticale qu'il
emploie est complétement fausse, et qu'elle donne
aux personnes qui n'ont aucune notion de la langue
et de la grammaire chinoises les idées les plus erro-
nées. Il n'y a, en chinois, ni *nominatif*, ni *génitif*, ni

(9)

datif, ni *locatif*, ni *instrumental, etc.* comme M. Julien le prétend dans sa critique [1]; il n'y a que des caractères chinois indéclinables qui peuvent avoir cette *valeur,* selon la position qu'ils occupent dans la phrase. M. Julien n'avait pas encore conçu cette théorie lorsqu'il écrivait : « Les lecteurs seront sans « doute frappés de la nature elliptique de la langue « chinoise, dont les mots, qui sont tous monosylla- « biques, n'ont aucune terminaison qui indique les « genres, les *cas* et les nombres des substantifs, les « voix, les temps et les personnes des verbes ; mais « cette absence complète de désinences grammati- « cales est une des moindres difficultés de la langue « chinoise [2]. »

Il est vrai que, pour donner à ses lecteurs de la Culture des mûriers une idée de la langue chinoise, M. Julien leur présente un spécimen du texte chinois et un mot à mot français, bien fait assurément pour laisser croire que la langue chinoise, n'ayant aucune forme grammaticale, est complétement inintelligible, et que celui qui traduit un ouvrage de cette langue, en peut tirer tout ce qu'il lui plaira. En effet, voici le commencement de ce mot à mot français : *grand dormir se lever chaleur interne falloir constamment expulser ver à soie falloir constamment*

---

[1] En supposant que M. Julien ne se serve des termes *nominatif, etc.* que *pour éviter des longueurs,* ces termes n'en seraient pas moins impropres et le prétexte moins inadmissible. En fait de principes, on ne doit pas sacrifier l'exactitude à la brièveté.

[2] *Résumé des principaux traités chinois sur la culture des mûriers, etc.* pag. 23. — Voy. aussi *Examen critique,* pag. 4o3.

nourrir par hasard droit sud vent s'élever prendre porte fenêtre store paillassons, etc. Ce prétendu mot à mot est un jargon semblable à celui des nègres de nos colonies, qui veulent balbutier le français; il n'est ni chinois, ni français. Il ne représente nullement le chinois, puisque les caractères chinois prétendus traduits ont une valeur de position grammaticale qui n'est pas représentée dans le mot à mot. C'est comme si on prétendait que le millésime 1841 est traduit mot à mot en français par *an huit quatre un;* la similitude est d'une exactitude et d'une rigueur absolues.

Je pourrais faire plusieurs observations sur la manière dont M. Julien, sans avoir égard aux *lois grammaticales* qu'il préconise tant, a rendu, dans sa traduction libre, le passage du mot à mot cité ci-dessus. Mais ces observations m'entraîneraient en des digressions que je tâcherai d'éviter soigneusement dans ma réponse; elles pourront trouver leur place ailleurs.

Avant de procéder à la réfutation des critiques de M. Julien, je vais faire connaître les autorités principales sur lesquelles je m'appuie. Car, pour mieux convaincre les lecteurs, et pour qu'il n'y ait pas de réplique possible à ma réfutation, j'ai voulu ne rien avancer sans citer à l'appui les autorités qui justifient ce que j'avance; autorités qui valent bien, certes, l'affirmation personnelle de M. Julien. Ces autorités que je possède, les plus imposantes dans la philologie chinoise, sont par ordre de dates :

1° Le 說文解字 *Choüë wên kiäi tséu*. « Dic-
« tionnaire explicatif des caractères antiques, » par
許慎 *Hiù-chin*, qui le termina, selon la date de sa
préface, l'an 121 de notre ère. Édition petit in-fol.
entièrement conforme, selon le titre, à celle qui fut
publiée sous les *Soung*, l'an 986.

« Diu multumque terendus est iste liber omnibus qui veram litte-
« rarum analysim scire cupiunt, sed a paucis intelligitur. » (Prémare.)

2° 六書故 *Loŭ choû koú*. « Les causes de for-
« mation des six classes de caractères, » ouvrage
publié pour la première fois en 1318, édition du
temps des *Ming*, 4 vol. in-4° reliés à l'européenne.

3° 六書精薀 *Loŭ choû thsîng wên*. « Recueil
« choisi des six classes de caractères, » publié en
1540, 1 vol. in-4° relié à l'européenne.

Le père Cibot, qui paraît avoir eu en sa possession l'exemplaire
ci-dessus, a dit (*Mémoires sur les Chinois*, t. IX, p. 389) : « J'ai fait
« encore beaucoup d'usage du *Lieou-chou-tsing-hoen*, qui est un chef-
« d'œuvre d'érudition et de critique, j'ai presque dit de morale et de
« philosophie, etc. »

4° 康熙字典 *Khâng-hî tséu tiàn*. « La loi des
« caractères rédigée par ordre de l'empereur *Khâng-
« hî*, » 9 v. in-4° reliés à l'européenne. Péking, 1616,
édit. princeps impériale. — Le même ouvrage, édit.
in-12.

Ce dictionnaire a la même autorité en Chine que le Dictionnaire
de l'Académie en France. Il n'en existe pas d'aussi célèbre et d'un
usage aussi général ; c'est, en un mot, le dictionnaire officiel de la
langue chinoise.

5° 埶文備覽 *I wên pi làn*. «Examen com-
« plet des caractères classiques. » Édition de 1806 de
notre ère, 8 vol. in-4° reliés à l'européenne.

Ce dictionnaire chinois, qui présente les formes anciennes et modernes de chaque caractère expliqué, fut publié, pour la première
fois, sur la fin du dernier siècle; il est aussi très-estimé; son auteur,

沙木 *Châ-moŭ*, passa trente ans de sa vie à le rédiger.

6° Les Dictionnaires chinois-européens du P. Basile de Glemona, publié par Deguignes fils (Paris,
1813, in-fol.); du docteur Morrison (Macao, 1815-
1821, in-4°); et de J. A. Gonçalves (Macao, 1831,
petit in-4°).

7° Les Grammaires chinoises du P. Prémare,
Notitia linguæ sinicæ, Malacca, 1831, in-4°; et de
M. Abel-Rémusat, *Éléments de la grammaire chinoise*,
Paris, 1822, in-8°.

Les numéros qui suivent se rapportent aux numéros de l'Examen
critique de M. Julien, inséré dans le Journal asiatique, mai 1841,
pages 407-556, et pages 7-156 de son tirage à part. Pour éviter les
redites et les longueurs, je me suis dispensé, autant que je l'ai pu,
de reproduire la critique de M. Julien; le lecteur étant supposé l'a-
voir sous les yeux en lisant ma réponse.

1. Dès son début, M. Julien ne me paraît pas
très-heureux dans sa critique. Le besoin de me
trouver en défaut lui fait adopter une construction
de phrase barbare et contraire aux règles de la syntaxe chinoise. Cette phrase, comme il l'entend, se
traduirait mot à mot : *expliquer* DE *l'Inde* DES *diverses*

opinions la confusion, plaçant ainsi entre le verbe *expli-* *quer* et son régime direct *confusion*, deux génitifs at- tributifs régis l'un par l'autre, et dont le second, s'il était réellement au génitif, devrait être précédé de la particule 之 *tchi*, pour qu'il n'y ait pas d'amphibo- logie possible. C'est ce qui a toujours lieu quand il peut y avoir doute sur un génitif simple (voyez Prémare, p. 154, et Abel-Rémusat, Gramm. chin. p. 41, § 82); à plus forte raison si on pouvait ad- mettre, dans une langue sans inflexions grammati- cales, *deux génitifs de suite* régis par un verbe qui les précède, et suivis du régime direct de ce verbe; construction qui n'aurait que difficilement lieu dans les langues les plus riches en inflexions grammati- cales. Je ne connais pas d'exemple de construction semblable dans la langue chinoise.

Aucun des Dictionnaires chinois et chinois-eu- ropéens que je possède n'explique le caractère 糾 *kiéou*, dans le sens de M. Julien. Le *Choŭë-wén* le définit : «une corde formée de trois autres cordes. » Le dictionnaire *I-wên-pi-làn* l'explique par 絞 *kiào*, «serrer fortement;» il ajoute qu'il a aussi le sens d'*examiner* que lui donne le *Tcheoû-lî*. C'est l'expres- sion 紛紜 *fên-yûn*, qui a le sens de *confusion*, et non pas 糾紛 *kiéou-fên*, comme le prétend M. Ju- lien. 紛紜物亂也 *fên-yûn : wĕ loùan yé,* 紛 紜 *fên-yûn* signifie «le trouble, la confusion, » dit le *I wên pi làn*. Ce sens est déduit logiquement de

la signification spéciale de chaque caractère du terme
composé; ce qui n'a pas lieu dans la signification
que M. Julien attribue à 糾紛 *kiéou-fén*, signification d'ailleurs qui n'est autorisée par aucun dictionnaire chinois. Morrison (2ᵉ partie. nᵒ 2657), et le
P. Basile (nᵒ 7781), confirment mon opinion : aucun d'eux n'appuie celle de M. Julien.

2. Le caractère 宜 *i*, a plus souvent une signification substantive que verbale. *La syntaxe s'oppose*,
dit ici M. Julien, *à ce qu'un mot qui* suit *un substantif
lui serve de qualificatif;* c'est une des règles générales
établies par M. Rémusat; mais, comme toutes les
règles générales, elle n'est pas sans exception. En
voici un exemple que ne récusera pas M. Julien :
c'est le premier des quatre vers du premier chapitre du roman chinois intitulé : 白蛇精記 *pě-
chě tsîng ki*, « l'Histoire de l'esprit de la couleuvre
blanche,» ainsi conçu :

素精巳世愛恩深

et que M. Julien a traduit par ces mots : *une fée
reçoit de grands bienfaits.* Dans ce vers, l'adjectif qualificatif 深 *chîn*, « profond, grand, » *suit* le substantif 恩 *ngân*, « bienfaits, » auquel il sert de *qualificatif.* Je pourrais encore en citer plusieurs autres
exemples, pas plus inconnus à M. Julien que le
précédent; mais celui-ci peut suffire.

C'est, en outre, une assez pauvre chicane, de
prétendre que 云 *yûn* ne s'emploie qu'au neutre *dire.*

D'abord, *dire* n'est pas en français un verbe neutre, c'est un verbe *actif*. Ensuite M. Julien lui-même donne à 云 *yûn* le sens actif (n° 24), d'une manière très-fautive, il est vrai, comme je le prouverai plus loin. Le Dictionnaire *Tching-tséu-thoûng*, cité dans celui de *Khâng-hi*, dit que « 云 *yûn* diffère de pro-« nonciation avec 曰 *yoŭeï*, mais qu'il lui est iden-« tique pour le sens. » Il serait facile de citer de nombreux exemples où ce caractère est pris dans un sens actif.

3. Le caractère 殊 *tchoû* a presque constamment le sens que je lui ai donné dans ma traduction. Le *Choŭë-wên* le définit par 死 *ssé*, « mourir, périr, « mort. » C'est le sens qu'on lui trouve ordinairement dans les écrivains que cite le dictionnaire de *Khâng-hi*. On lui donne ensuite celui de *séparé*, *séparer; rompre, rompu; blessé sans être rompu.* Les exemples cités dans ce dictionnaire impérial à l'acception de *divisé, divers*, ne s'appliquent point à des *régions*, mais à de la *boue*, à de la *vase* (*Hi-tseu* du *Y-king*), et, dans le *Lì-ki*, on qualifie ainsi de *divers* des instruments de supplice. Ma traduction de ce terme est donc conforme au sens *primitif* et *habituel* que les lexicographes chinois lui donnent; par conséquent, elle n'est pas aussi *étrange* que M. Julien voudrait le faire croire avec ses *points d'admiration.* D'ailleurs, aucune des autorités citées en tête de cet article ne donne des exemples de l'emploi de ce mot avec 方 *fâng*, « région, contrée; » c'est le caractère

别 *piĕ*, qui est le plus souvent joint à 方 *fâng*, avec le sens de *divers*. C'est ainsi que le haut commissaire impérial *Lin*, dans une de ses proclamations pour défendre le trafic de l'opium, désigne les diverses provinces de la Chine, à l'exception de celle de *Kouang-toung*, par 别省 *piĕ-sèng*, et non par 殊省 *tchoû-sèng*. Je ne prétends pas dire par là que ma traduction est la seule admissible, mais seulement qu'elle a pour elle de nombreuses et imposantes autorités, tandis que M. Julien n'en donne aucune qui appuie son interprétation.

Cependant je dois ajouter que j'ai trouvé le mot 殊 *tchoû*, qualifiant 路 *loû* et 方 *fâng*, avec le sens de *divers*, dans plusieurs allocutions de *Tchoûng-choû* à l'empereur *Wou-ti* des *Han*. Dans ce dernier cas, 方 *fâng* n'a pas le sens de *région*, *pays*, mais bien de *règle*, *loi* : 今師異道。人異論。百家殊方。 *kîn ssé i-taò; jîn i-lûn; pĕ-kiâ tchoû-fâng;* «mainte-«nant ceux qui gouvernent les autres ont des doc-«trines différentes; les hommes du peuple ont des «principes de conduite différents; toutes les familles «ont des *règles diverses.*» (*Lĭ-tái-kì-ssé*, kiouan xxiii, fol. 29.)

Il résulte néanmoins de ce passage que l'assertion suivante de M. Julien «殊方 *tchou-fang*, ici et par-«tout ailleurs, ne signifie jamais que *variæ regiones*,» est complétement fausse; car on ne pourrait pas traduire le dernier membre de la phrase citée par :

« toutes les familles (de la Chine) ont des *régions di-*
« *verses*, des *pays divers;* » cela n'aurait pas le sens
commun.

4. Ici, la dernière partie de ma traduction a été
omise par M. Julien; ce qui laisse supposer que je
n'avais ni compris, ni traduit le texte chinois qui y
correspond. Dans cette phrase, le superlatif, que
M. Julien y trouve deux fois, n'y est pas exprimé positivement une seule fois. Les caractères 語其所
美謂之印度 *iù khî sò mèï, wéi tchî yin tou,* signifient littéralement : *in (eorum) idiomate ii-ipsi quod
pulchrum vel bonum-est, vocant illud* yin-tou (Indiam).
Ensuite vient la dernière partie du paragraphe que
j'avais traduit aussi exactement par ces mots : « cette
« expression de *yin-tou,* se rend, en langue *thâng* ou
« chinoise, par *lune* (*youë,* en sanskrit इन्दु *indou*), »
omis par M. Julien, qui prétend que *je n'ai pas saisi
la construction de ce passage* expliqué par moi grammaticalement. Si quelqu'un n'en a pas saisi la *construction,* c'est assurément M. Julien, qui ne tient
aucun compte du caractère 語 *iù,* « langage, » du
second membre de phrase (à moins qu'il ne le tra-
duise par *qu'ils regardent*), ni de la répétition des
termes *yin-tou,* de l'avant-dernier membre. Il est
facile, en se permettant de pareilles licences, d'ar-
river à un sens différent de celui que je donne dans
ma traduction, que je maintiens exacte.

5. Je rectifie ainsi ma traduction du second
membre de ce paragraphe : « La lune a beaucoup

« de noms ; *celui-ci (yin-tou), est une de ses dénomi-*
« *nations.* » 稱 *tchîng,* « appellation, dénomination , »
n'est point du tout synonyme de 名 *mîng,* comme
le fait M. Julien.

En outre, M. le professeur devrait au moins écrire
en français. Voici cependant comment il a rédigé sa
nouvelle traduction des paragraphes 5 et 6 :

« Les Indiens, suivant la région qu'ils habitent,
« donnent à leur royaume un nom particulier. Chaque
« pays a des usages différents. » (C'est une vérité tri-
viale.) « Je me contenterai de citer celui » (le pays,
ou les usages? La syntaxe française veut *les usages*),
« qui est le plus général et qu'ils *regardent comme*
« *le plus beau.* (?) Ils l'appellent (quoi? le pays? les
« usages?) *In-tou, etc.* »

6. M. Julien traduit les termes 不息 *poŭ sĭ,*
« non sistere, non desistere, » par *sans se reposer;*
l'idée est loin d'être la même ; je les avais traduits
exactement par « (tournent) *sans fin.* » 輪回 *lûn hoéï*
signifie *tourner circulairement, comme une roue;* mais
c'est fort mal entendre l'esprit du texte que de le
traduire ici à la lettre, comme le fait M. Julien,
qui me reproche de ne pas avoir *conservé la méta-*
phore matérielle de l'auteur. Sa traduction nouvelle
est aussi contraire à l'esprit du dogme indien de la
métempsycose qu'au texte chinois. Comment *les êtres*
reviendraient-ils sur eux-mêmes comme une roue? La
roue ne subit pas de *transformations,* et les êtres en
subissent ; ma traduction ne dénature pas ainsi le

dogme indien, auquel elle est parfaitement conforme, de même qu'au texte chinois.

7. J'avais entendu ce passage au figuré, et ma traduction, je l'avoue, pouvait laisser quelque chose à désirer; mais je vais analyser la phrase et montrer, ce qui me sera très-facile, que M. Julien ne l'a pas comprise.

Voici d'abord sa nouvelle traduction : « Au milieu « d'une longue nuit obscure, en l'absence (de l'oi- « seau, — du coq), qui préside au matin, ils (les « hommes), se trouvent comme lorsque l'éclat du « soleil a disparu. » En supposant même, ce qui n'est pas, qu'un des caractères du texte chinois signifie *oiseau* ou *coq*, pourquoi l'absence de cet *oiseau*, de ce *coq* ? N'y en aurait-il eu qu'un dans l'Inde? S'il y en avait dans chaque village, comment se seraient-ils trouvés absents en même temps?

Les quatre premiers caractères 無明長夜 *woû míng : tchãng yé*, signifient à la lettre : *sans* (sa) *clarté; long crépuscule, longue nuit;* les quatre qui suivent 莫有司晨 *moŭ yèou ssé chín*, signifient : *sans avoir,* ou *posséder* (sa) *directrice lumière* (il n'est question ici ni d'*oiseau*, ni de *coq*, comme y en trouve M. Julien); ensuite les caractères 其猶白日旣隱 *khí yeoû pĕ jĭ ki yèn* signifient littéralement : « *ils* (les Indiens, sans les deux choses énumérées), *seraient comme lorsque le blanc (pâlissant) soleil s'est éclipsé, caché* (il n'est point question, dans le texte, d'*éclat* du soleil).

En d'autres termes et en reprenant la phrase précédente nécessaire à la liaison des idées : « Ils disent
« que tous les êtres vivants tournent sans cesse dans un
« cercle d'existences successives (dont les révolutions
« et les phases de la lune sont l'image); que sans la
« clarté de la lune les nuits seraient comme sans fin;
« que s'ils n'avaient pas la lumière directrice de cet
« astre bienfaisant, ils seraient comme lorsque le so-
« leil pâlissant s'éclipse ou disparaît aux regards. »

Rien dans le texte cité ne signifie *au milieu*, *oiseau*
ou *coq président au matin* (un oiseau présidant au
matin!) et *éclat* du soleil, qui, au contraire, est
pâle, *pâlissant* : 白 日 *pë jï*. Il me semble que je
pourrais m'écrier ici avec au moins autant de raison
que M. Julien, en employant son élégante phraséologie :

*On voit que M. Julien n'a rien entendu à ce pas-
sage.*

8. Il paraît qu'il n'a pas été satisfait de la nouvelle traduction qu'il a donnée de cette phrase, puisqu'il la modifie dans un *erratum* du mois de juin, lequel la rend conforme sur ce point à ma propre
traduction. Cet *erratum*, pour être complet, aurait
dû comprendre la très-grande partie de ses préten-
dues critiques. Il m'aurait épargné l'ennui d'une réfutation aussi détaillée que celle que je suis obligé
de faire pour relever toutes ses méprises.

9. *Si je n'ai rien compris à ce passage*, comme le
prétend si poliment M. Julien, il me semble qu'il

n'a guère plus montré de pénétration. Car, je le demande, que signifie cette traduction : « Si, partant
« de ce point, ils ont comparé (leurs pays) à la lune,
« c'est *surtout* parce que, *dans cette contrée*, les saints
« et les sages se sont succédé les uns aux autres.... »
Les *saints et les sages* se sont-ils plutôt succédé les
uns aux autres dans l'Inde qu'en Chine, par exemple?

En retraduisant ainsi le passage en question ,
M. Julien (qui reproduit cependant le texte chinois),
a montré qu'il l'entendait moins que personne, et
il l'a ponctué de la manière la plus contraire au
sens et à la grammaire chinoise. En voici la preuve :

La première ligne du texte chinois devrait correspondre à la première phrase de la traduction, et la
seconde à la seconde; il n'en est cependant rien;
des caractères de la seconde ligne sont traduits dans
la première, et des caractères de la première dans
la seconde, pour en tirer le sens prétendu donné
comme exact. Ensuite le dernier caractère chinois
de la seconde ligne 軌 *koùeï*, qui signifie *un essieu;
une règle; des lois; agir en se conformant à la loi; se di-
riger dans le droit chemin*, ne peut avoir le sens de
succession, même avec 繼 *ki*, auquel il l'a joint; il
doit être placé au commencement de la phrase suivante et former avec 導 *tào* (*deducere*, *abducere*,
docere, *gubernare*, *inducere;* Basile), qui lui est presque synonyme, une expression verbale désignant
une action complexe. M. Julien, en outre, ne tient
compte, ni de 因 *yîn* (*quia*, *causa*, Basile), ni de

良 *liâng* (*excellens*, *præclarum*, *perfectum*, id.), et il traduit ici par *succession* le caractère 繼 *ki*, lequel, étant immédiatement suivi de deux verbes (le dernier caractère de la phrase n° 9 et le premier de la section 10), ne peut avoir que la signification *adverbiale* que je lui ai donnée. C'est ce même caractère que M. Julien, dans la section précédente (n° 8), me reproche d'avoir traduit par *succession !* Il ne suffit pas de faire marcher, par la ponctuation, des caractères chinois *quatre à quatre*, pour obtenir une construction régulière et un sens exact. Je prie les lecteurs de comparer le texte chinois à la traduction de M. le professeur; ils seront confondus des étranges licences qu'il s'est permises et de l'inexactitude de sa traduction.

10. *Il y a ici autant de fautes que de mots*, s'écrie M. Julien. Cela est plus tôt dit que prouvé. Je demanderai seulement à M. le professeur ce que signifient ces mots : *qu'ils ont dirigé le siècle et gouverné les êtres, semblables à la lune lorsqu'elle a abaissé son éclat (sur le monde)?* Ensuite, comment, d'après sa traduction, le verbe 臨 *lin* (qui ne signifie aucunement *abaisser*), peut-il être *précédé* de son régime direct 照 *tcháo*, «éclat?» Il est vrai que M. Julien a émis depuis longtemps une théorie contraire au principe adopté par tous les grammairiens, en particulier par M. Abel-Rémusat, que le *régime* ou *complément direct* doit *suivre* le verbe qui le régit. Mais du moins, dans le cas présent. ce même régime direct, qui *pré-*

céderait son verbe, n'est pas déterminé par un *signe purement phonétique* qui caractériserait ce régime selon la nouvelle théorie en question. On ne pouvait donc pas traduire le dernier membre de la phrase par : *semblables à la lune lorsqu'elle abaisse son éclat (sur le monde)*; car la seule traduction exacte est celle-ci : *comme la lune dont l'éclat s'étend ou se répand au loin.*

Il n'y a dans la phrase aucun caractère qui signifie *siècle.*

11. M. Julien place encore ici une fausse ponctuation après le quatrième caractère, au lieu de la placer après le troisième, comme l'exigent le sens et la composition de la phrase; car 古文 *koù* (ideo) particule *explicative* et *conjonctive* ne peut appartenir au premier membre de cette phrase dont voici le sens littéral : *Ex hoc sensus (eruitur)*; ideo *vocant eam (regionem)* yin-tou (*Indiam*).

Je prie le lecteur de s'arrêter un instant sur la reproduction que M. Julien donne ici avec complaisance de sa nouvelle traduction du passage en entier. Je doute qu'il puisse parvenir à la comprendre.

12. M. Julien passe ici, sans en avertir, une phrase de ma traduction et du texte, phrase qui était cependant nécessaire à l'intelligence de ce qui suit. Dans son préambule, M. le professeur dit : *pour démontrer que, si l'on s'affranchissait des règles grammaticales* (qu'il croit avoir établies), *on pourrait s'occuper du chinois*

pendant de longues années sans jamais être en état de le traduire fidèlement (lui-même en donne plus d'une preuve), *j'ai cru devoir soumettre à une analyse grammaticale* DOUZE PAGES DE CHINOIS *dont la traduction fait partie de quatre articles du Nouveau Journal asiatique..... répondant à soixante-quatre pages in-8° du Pian-i-tien.* Ceci demanderait une explication : le texte chinois en question comprend, 1° quarante-trois pages très-grand in-8° de Documents historiques sur le *Thian-tchou* ou l'Inde, et 2° vingt-trois pages de Considérations générales sur le même pays [1]. Ce sont ces *vingt-trois dernières pages*, traduites par moi presque en entier, que M. Julien a prises pour sujet de son Examen critique ; il y en a donc plus de *douze*. Il est vrai que M. Julien ne se fait pas scrupule de passer, sans en prévenir, des phrases entières et même plusieurs pages de ma traduction, ce qui peut réduire les pages *critiquées à douze*. Mais, alors, M. Julien aurait dû prévenir ses lecteurs que les *douze* pages critiquées par lui n'étaient pas *consécutives*, qu'il avait passé plusieurs *phrases* et plusieurs *pages* (comme 12 à 23) sur lesquelles il n'avait point trouvé de critiques à faire ; ou bien, si ce motif d'omission n'était pas le véritable, il aurait dû, dans tous les cas, le faire connaître, et ne pas laisser

---

[1] Le nombre des pages de texte chinois dont la traduction annotée a paru dans le *Journal asiatique* (1839-1840) est de soixante-six, nombre égal aux deux tiers du drame chinois que M. Julien a publié sous le titre d'*Histoire du cercle de craie*. De plus, tous les sinologues conviendront que mon texte était beaucoup plus difficile à entendre et à traduire que celui de M. Julien.

supposer que les *douze* pages critiquées par lui étaient consécutives et sans lacunes ; ce n'eût été là que de la stricte loyauté. M. Julien a prévenu seulement deux fois (p. 430 et 443) de ses omissions, et d'une manière que je ne passerai pas sous silence ; il pouvait agir de même pour toutes les autres lacunes.

Voici la phrase omise par M. Julien :

« La population du *Yn-tou* est divisée en classes « ou castes ; celle des *Po-lo-men* (Brâhmanes) est la « seule noble et pure. » Cette traduction est aussi fidèle que littérale. Je demande maintenant comment la nouvelle traduction que donne M. Julien de la phrase qui vient immédiatement après, peut se relier *logiquement* et *grammaticalement* à la phrase omise par lui? Au contraire, ma traduction s'y rattache parfaitement : « C'est de cette caste que sortent (ou « procèdent) les instructions destinées à former et à « perfectionner les mœurs. » Cela est aussi conforme au texte qu'à la vérité historique. M. Julien a fait entrer dans ce paragraphe une phrase qui ne peut être logiquement détachée de la phrase omise par lui, ainsi qu'on vient de le voir, et il la confond avec le texte suivant qui traite un tout autre sujet. En effet quel sens a sa nouvelle traduction ?

« D'après leur nom éminent » (il n'est question que de la caste la plus pure) « que la tradition conserve » (la *tradition* conserve ce qui a cessé d'être et non pas ce qui est en pleine possession de l'existence, comme la caste des Brâhmanes) « et que l'usage a « consacré » (il n'est pas question dans le texte de *consécration* par l'usage) « lorsqu'on n'indique pas les « divisions des différentes contrées, on donne à l'Inde « le nom général de royaume des Bràhmanes. »

Ce serait le cas de dire ici *qu'il y a autant de fautes que de mots!* En effet, la syntaxe chinoise s'oppose à une pareille construction qui ferait dépendre la proposition principale : *on donne à l'Inde, etc.* de deux longues propositions incidentes modificatives dont il n'y a pas d'exemple dans les auteurs, et qui, en outre, sont *contraires aux faits.* Car, 1° il n'est pas, il ne peut pas être question de *tradition* dans le texte. M. Julien, pour trouver ce sens, ne se fait aucun scrupule d'altérer ce même texte en écrivant 以 傳 *i tchoûan,* « per traditionem » pour 傳 以 *tchoûan i,* « communicare ad, transmittere ad; » et 2° il est contraire aux faits que *lorsqu'on n'indique pas les divisions des différentes contrées,* on donne à l'Inde le nom général de *royaume des Bràhmanes,* puisque l'auteur chinois lui-même emploie constamment le terme *Yin-tou* « India », et que, selon M. Julien, ce dernier nom de *In-tou* est le *plus général* et *le plus beau!* (Voy. sa critique [1], § 4). Que de contradictions et de non sens !

Encore un mot. Je n'ai pas rendu le caractère 從 *tshoûng* par *sortir,* comme le prétend M. Julien, mais par *de* (*a, ab, ex, de,* Basile): « C'est *de* cette « caste, etc. » Les observations nᵒˢ 1 et 2 de M. Ju-

---

[1] « Je me contenterai de citer celui qui est *le plus général* et qu'ils « regardent comme *le plus beau*. Ils l'appellent *In-tou*. . . . . »

lien sont donc complétement oiseuses. 雅 *yà*, n'a jamais signifié *distingué*, mais *justum, rectum, conveniens* (Basile). Ce caractère, précédé de 小 *siào*, forme le titre d'une section du *Livre des vers*, dans lequel il s'agit d'un *gouvernement juste et droit*. Le caractère 稱 *tchîng*, qui le suit, ne peut pas signifier *nom*, comme le traduit M. Julien, car on ne peut pas dire un *nom juste, droit, équitable;* ces épithètes ne s'appliquent et ne peuvent s'appliquer qu'à des *actions*, comme celles de *gouverner, etc.* ou à des *instructions*, des *lois*, qui prescrivent ce qui est *juste, droit, équitable*. Ma traduction est donc conforme à la nature même des choses. Elle est aussi conforme au texte, car 稱 *tchîng*, signifie non-seulement *appellation, dénomination* (sens déjà secondaire), mais encore 言 *yân*, «paroles, instructions,» selon le dictionnaire de *Khâng-hi* et le *I-wén-pi-làn*.

Je n'ai point passé les mots 傳 以 *tchoûan i;* il est vrai qu'ils ne sont pas rendus aussi exactement qu'ils pouvaient l'être; car j'aurais dû traduire « c'est « par cette caste (celle des Brâhmanes) que les ins- « tructions morales, droites, sont transmises pour « former et perfectionner les mœurs. » Cette traduction eût été aussi *littérale* qu'*exacte ;* mais la première que j'en ai donnée est absolument équivalente. Je dois prévenir que la ponctuation adoptée par M. Julien est aussi contraire au sens qu'à la construction grammaticale chinoise. *Former et perfectionner les mœurs* est la traduction littérale et exacte de

成 俗 *tching soŭ;* car le premier de ces caractères, selon Basile et tous les autres dictionnaires chinois, signifie *perfectum, perficere, complere;* et le second : *consuetudo; mos, mores.*

Je ne dis point, comme le prétend M. Julien, *nous ne parlerons pas ici des limites,* mais *nous ne parlerons pas ici* EN DÉTAIL *de l'étendue et des limites, etc.* Il me semble qu'il y a une certaine différence. Quand on critique, il faut au moins ne pas *dénaturer* le texte de son adversaire pour le rendre absurde ou ridicule. C'est le moindre des devoirs.

13. Si j'ai rendu le mot 若 *jŏ* par *si,* comme me le reproche M. Julien, et non par *quant à, pour ce qui regarde,* c'est que *si* est le sens véritable, habituel de ce caractère, qui exprime presque toujours la *conditionnalité.* C'est un fait si élémentaire, que je m'étonne d'être obligé de le rappeler à M. le professeur.

«Utraque particula 若 *jo* et 如 *jou* respondet «particulæ hypotheticæ *si.....*» (Prémare, p. 176). « *Joû,* et plus ordinairement 若 *jŏ,* représentent «la particule hypothétique *si.*» (Rémusat, *Grammaire chinoise,* § 248.)

Si, dans sa critique, M. Julien avait avoué que j'ai donné à 若 *jŏ* une signification qui lui est habituelle, mais qu'il n'a pas dans la phrase citée, cela pourrait peut-être se soutenir. En s'énonçant comme il le fait, il veut évidemment en imposer au lecteur.

14. Il y a ici une phrase omise par M. Julien.

Cette phrase est ainsi conçue : « De trois côtés il
« (ce pays) touche à la grande mer; au nord il est
« adossé aux montagnes neigeuses (l'Himâlaya). »

Il me suffira de transcrire ici les deux dernières
phrases de la nouvelle traduction de M. Julien pour
montrer combien cette traduction est inadmissible.

« (13). Quant aux frontières de ce royaume, je
« puis les faire connaître. Les limites des cinq Indes
« embrassent une étendue d'environ quatre-vingt-
« dix mille *lis*.

« (14). Il (les limites?) est large au nord et étroit
« au midi; sa forme ressemble à une demi-lune. »

A part la faute de français, il y a ici plusieurs
fautes de logique. M. Julien fait dire à l'auteur qu'*il
peut faire connaître les frontières de ce royaume*, et il
se borne à dire que *ses limites embrassent une étendue
de quatre-vingt-dix mille lis; qu'il est large au nord et
étroit au midi; que sa forme ressemble à une demi-lune.*
Si c'est là *faire connaître des frontières*, il faut convenir que la connaissance que l'on en donne est
un peu vague; car la description peut aussi bien
s'appliquer à la *Chine*, à la *Russie*, à l'*Amérique*
qu'à l'*Inde*. Non, l'auteur chinois n'est pas aussi dé-
pourvu de bon sens, il n'a pas pu dire ce que M.
Julien lui fait dire.

15. En retraduisant en français et en latin la
phrase placée sous ce numéro, M. Julien s'est mis
en contradiction avec lui-même; car sa version latine justifie ma propre traduction. Ses observations
critiques sont donc ici plus que gratuites. Il aurait

pu se dispenser de me renvoyer à la grammaire chinoise pour un des principes les plus élémentaires de cette langue, principe qu'il me suppose avoir oublié.

16. Il n'est pas vrai de prétendre que « *le mot* 時 « *chî*, «saison,» *est ici adverbe par position et signifie* «en tout temps.» Aucun des dictionnaires chinois et chinois-européens cités n'autorise à donner à ce mot une telle acception. Il n'en aurait, il n'en pourrait avoir une semblable que s'il était répété, comme 時時 *chi-chi*. Le caractère qui le suit, 特 *të*, est déjà par lui-même un *adverbe*, qui signifie *solum, solummodo, tantum* (Basile). Comment deux adverbes, si l'on admettait l'étrange interprétation de M. Julien, pourraient-ils se suivre, sans *verbe* exprimé dans la phrase?

En outre, aucun des caractères chinois qui composent cette phrase ne signifie *climat*, comme traduit M. Julien.

17. Il y a encore ici une phrase passée sous silence.

J'ai *compris* du texte ce que j'en devais comprendre et je ne *lui ai fait dire* que ce qu'il dit positivement. Si les premiers mots de la phrase *désignaient évidemment* la chaîne des monts *Himâlaya*, comme le prétend M. Julien, l'auteur chinois aurait employé l'expression habituelle 雪山 *siouĕ-chán*, «montagnes de neige ou neigeuses,» comme dans une phrase du même texte, omise par mon critique, et qui précède celle qu'il a reproduite sous le nu-

méro 14 : 北背雪山 *pĕ péï siouĕ chân,* « au nord
« (ce pays) est adossé aux montagnes neigeuses. »
Il est bien évident que, dans la phrase qui nous
occupe, l'auteur a eu en vue les *montagnes, tertres et
collines* qui forment les premiers degrés des hautes
chaînes de l'*Himâlaya,* sans être encore ces mêmes
montagnes couvertes de neiges perpétuelles, et qui
seraient, ce me semble, plutôt *imprégnées d'eau gla-
cée* que de *sel.*

Je ne connais aucune autorité chinoise ou européenne qui justifie le sens donné par M. Julien aux
deux caractères 隱軨 *yèn-tchin,* le premier signifiant *cacher :* « abscondere, recondere » (Basile); et
le second, *lignum transversum in parte posteriori currus*
(*id.*). En outre, et à part l'autorité de tous les dictionnaires, il est impossible de déduire du sens
spécial de ces deux caractères le sens composé ou
complexe : *former une chaîne immense.* Ils pourraient
aussi bien, et à plus forte raison, signifier *bateaux à
vapeur.* Ce dernier sens serait assurément plus naturel. Comment peut-on oser dire, après cela, que
le verbe « *cacher* » *n'existe pas dans le texte ?*

Mon critique, infidèle ici à sa ponctuation symé-
trique de couper habituellement chaque membre
de phrase en nombres égaux de caractères, a placé
un signe de ponctuation après le *sixième* caractère des dix qui composent la phrase, et il a ainsi
séparé 軨 *tchin,* « transversum, » qualificatif de 丘
陵 *khieoù-ling,* « collines et tertres, » de ces mêmes

substantifs régimes directs du verbe 隱 *yèn*, «abs-
«condere, recondere.» Je n'ai donc point *empiété*
sur aucune phrase, et si l'un de nous a méconnu
les lois de la grammaire chinoise, c'est assurément
M. Julien, qui prétend que les caractères 丘 陵
khièou-ling, « collines et tertres, » *sont ici QUALIFIÉS par*
l'expression 潟 滷 *sĭ-loù*, « être imprégné de sel, »
qui les SUIT, tandis que M. le professeur nous a af-
firmé (article 2) que *la syntaxe chinoise s'oppose à ce*
qu'un mot qui SUIT un substantif lui serve de qualificatif!

Si ma traduction est *inintelligible en français*, celle
de mon critique me paraît l'être encore davantage;
car pourquoi les *collines* et les *tertres* auraient-ils
seuls, au détriment des montagnes, le privilége
d'être *imprégnés de sel*, et cela dans les mêmes
localités? Ma traduction est assurément plus conforme au texte ainsi qu'à la grammaire chinoise.

18. Aucune des autorités citées en tête de cet
article n'autorise à donner au caractère 川 *tchoûan*,
«courant d'eau,» l'acception de *vallée*. Celle que
cite M. Julien ne doit pas certes prévaloir contre
toutes les autres. D'ailleurs cette acception nouvelle
aurait été bien récemment découverte, puisqu'on
ne la trouve pas dans le Supplément au Dictionnaire
du P. Basile du même sinologue. En effet on y lit
seulement :

« 川 *tchoûan*, flumen, torrens, foramen. *Sân-*
«*tchoûan*, nomen principatus in hodierna provincia
«*Hô-nân. Ssé-tchoûán*, nomen provinciæ sinensis ad

« confinia regni Tubet. *Tchoûan-héng,* nomen magis-
« tratus. »

On voit que, dans toutes ces définitions, il n'est
pas question de *vallée.* Si M. Julien a pris à tâche
de donner aux caractères chinois du texte que j'ai
traduit des acceptions et des significations qui ne
se trouvent dans aucun dictionnaire chinois ni chinois-européen, il ne lui est assurément pas difficile
de faire une nouvelle traduction différente de la
mienne. Il aurait dû seulement en prévenir ses lecteurs; il m'aurait épargné l'ennui d'une réfutation
aussi détaillée que celle qu'il m'a obligé de faire.

19. Encore une lacune et une phrase tronquée.
Mon critique n'a pas reproduit la *première partie*
du texte chinois et la *dernière partie* de ma traduction dont le texte est cité, ce qui laisse supposer
que je n'ai pas compris ce même texte.

S'il y a quelque chose ici de *curieux,* c'est la manière dont M. Julien cherche à expliquer *comment
j'ai pu trouver le sens des mots* « grande plaine sablon-
« neuse » qui sont dans ma traduction de ce paragraphe. Il aurait pu s'épargner cette peine, en citant
le texte chinois qu'il a omis, auquel tout le paragraphe reproduit de ma traduction correspond, et
en reproduisant la dernière partie de ma traduction,
également omise par lui, qui correspond au texte
cité.

Je n'ajouterai qu'un mot; c'est que ma traduction du texte chinois en question par *grande plaine
sablonneuse* (dans la région occidentale de l'Inde)

est parfaitement conforme aux descriptions géogra-
phiques modernes de cette contrée, qui est ordinairement désignée sur les cartes par ces mots :
désert de sable.

Il y a ici une grande lacune dans le texte chinois
dont M. Julien n'a pas jugé à propos de parler. La
traduction que j'en ai donnée est comprise dans les
pages 348-350, décembre 1839, du Journal asiatique. M. Julien aurait pu en dire son avis. Elles
n'étaient, ce me semble, pas plus indignes de sa
critique que les autres.

20. Si ma traduction de ce passage n'est qu'un
tissu de fautes (je prouverai le contraire), celle de
mon critique est plus que cela ; comprend-on cette
phrase :

« Quoiqu'on donne aux deux principes *in* (femelle)
« et *yang* (mâle), aux mouvements des corps célestes
« (littéralement « du calendrier »), aux mansions
« solaires et lunaires, des noms différents (de ceux
« qu'ils ont en Chine), cependant les saisons sont
« les mêmes. »

Vraiment ! il y a de quoi s'en étonner ; il serait
par trop extraordinaire que le seul fait de *donner des
noms différents aux deux principes mâle et femelle, aux
mouvements du calendrier* (comme s'exprime M. Julien, expression qui n'est pas plus *littérale* que *française*), *aux mansions solaires et lunaires* (nous avons
les mots français *maisons*, *stations*, *demeures*, employés par de très-bons auteurs), eût une influence
sur les saisons ! M. Julien a-t-il voulu dire que malgré

cela, c'est-à-dire *la différence des noms* donnés aux choses énumérées, les saisons sont *les mêmes* dans l'Inde qu'en Chine? Ceci n'est pas plus vrai; car la saison que l'on nomme *printemps*, 春 *tchûn*, commence en Chine dans le mois de *février*, et au mois de *mars* dans l'Inde, quelquefois même en *avril*, selon l'époque où tombe le commencement de l'année, qui est aussi le commencement du printemps, वसन्त *vasanta*, dans la division de l'année en *six saisons* [1], de même que dans la division de l'année en *quatre saisons*. Voici quelle est *la concordance des saisons* dans l'Inde et en Chine. Je prends pour exemple l'année 1829.

La saison du *printemps* commença, selon notre calendrier.........	Dans l'Inde.	En Chine.
	le 4 avril,	le 4 février.
Celle de l'*été*.........	le 2 juillet,	le 6 mai.
Celle de l'*automne*.....	le 29 septembre,	le 8 août.
Celle de l'*hiver*...... .	le 27 décembre.	le 8 novembre [2].

Les *saisons* dans l'Inde ne sont donc pas les *mêmes* qu'en Chine. Que M. Julien ne vienne pas dire que les calendriers ont pu changer dans l'Inde ou en Chine; l'histoire n'admettrait pas une pareille justification, qui serait absolument contraire aux faits.

Il ne resterait d'autres ressources à M. Julien, pour justifier le sens historique de sa nouvelle tra-

---

[1] Voyez ma traduction (partie omise par M. Julien) et les notes qui l'accompagnent. (*Journal asiatique*, décembre 1839, page 452.)

[2] Voyez Gonçalves, *Dictionnaire Portugais-Chinois*, p. 328.

duction, que de prétendre que, par : *les saisons sont les mêmes*, il a voulu dire que l'année est divisée en *quatre saisons* dans l'Inde comme en Chine. Ce serait une très-mauvaise raison ; car l'année, dans l'Inde, est non-seulement divisée en *quatre saisons*, mais elle l'est encore *en six*[1], comme, d'ailleurs, notre auteur chinois l'a fait connaître dans les passages omis par M. Julien[2] ; ou bien, enfin, que tel est le sens du texte, la vérité historique ne le concernant nullement. Cette raison ne vaudrait pas mieux que la précédente, parce que l'auteur chinois connaissait trop bien la différence des deux calendriers, *indien* et *chinois*, pour les identifier ainsi (on en verra d'autres preuves ci-après), et que, d'ailleurs, il n'est pas question dans le texte de la *non-différence des saisons*. L'autorité que cite M. Julien ne peut être ici invoquée. D'ailleurs, cette autorité est citée d'une manière dérisoire ; et ensuite, fût-elle citée et rapportée exactement, elle ne pourrait pas prévaloir, ainsi que je le prouverai bientôt, sur toutes les autres autorités chinoises et européennes. Toute autre personne, en traduisant, comme M. Julien, et en identifiant le calendrier indien avec le calendrier chinois, se serait demandé si cette identité, pour les saisons, était bien réelle. Cette hésitation devait être naturelle, surtout lorsque le nouveau traducteur se trouvait en contradiction avec une première

[1] Le poëme célèbre sur les *saisons* de KÂLIDÂSA intitulé ऋतुसंहार *Ritousanhára*, suit la division de l'année en *six* saisons.

[2] *Journal asiatique*, décembre 1839, page 104.

traduction. Mais M. Julien, qui ne doute jamais de rien, n'a pas eu le moindre scrupule ; aussi a-t-il commis une double méprise.

Il prétend ici pour la seconde fois que 若 *jŏ* « si » veut dire *quant à* (voyez ma réponse à l'art. 13), et il le traduit par *quoiqu'on donne !* C'est à ne pas y croire ; cependant rien n'est plus vrai. Mais je poursuis.

Après avoir ainsi fait un verbe de concession d'une particule qui signifie *si*, M. Julien (à la manière dont il entend le texte) place, entre le régime direct de ce verbe supposé et ce même verbe, trois régimes indirects : *les deux principes mâle et femelle, les mouvements du calendrier, les mansions solaires et lunaires*, dont aucun n'est précédé des signes distinctifs des régimes indirects (voy. Rémusat, *Gr. chin.* § 158), et qui, selon les règles de la syntaxe chinoise, doivent *suivre* le régime direct.

Ensuite, veut-on savoir quel est ce même régime direct que M. Julien traduit par *des noms différents ?* Ce sont les quatre caractères 稱 謂 雖 殊 *tchîng wéi soûi tchôu*, qui ne peuvent grammaticalement signifier *noms différents*, d'après M. Julien lui-même, puisque, selon lui, *la syntaxe s'oppose à ce qu'un mot qui suit un substantif lui serve de qualificatif* (art. 2). Et, ici, non-seulement 殊 *tchôu*, « différent, » *suivrait* le substantif 稱 *tchîng*, « nom, » mais il en serait encore séparé par deux autres caractères. De plus, la phrase qui suit, *cependant les saisons sont les mêmes*, n'a plus l'adverbe *cependant*, 雖 *soüï*, qui se trouve englobé dans les *noms différents*. Quelle confusion de mots et d'idées !

M. Julien me renvoie ici, et dans plusieurs des passages qui suivent, au dictionnaire *Peï-wen-yun-fou* (liv. LXXXV *passim*), pour l'explication d'une expression du texte. S'il était question de vers et de poésie, M. Julien aurait peut-être raison de me renvoyer à ce dictionnaire poétique [1], quoique son excessive rareté en Europe et même en Chine en rende l'usage, sinon impossible, au moins excessivement difficile. M. Julien, qui, si je ne me trompe, n'en possède que quelques volumes dépareillés, ne fait donc qu'une mauvaise plaisanterie toutes les fois que, pour justifier ses critiques, il me renvoie à ce dictionnaire poétique (*passim*), dont il n'y a peut-être pas deux exemplaires complets en Europe. D'ailleurs, c'est comme si on renvoyait au *Gradus ad Parnassum* pour expliquer des phrases de Justin ou de Pline.

M. Julien paraît s'amuser beaucoup de la phrase de ma traduction soulignée par lui : *quoique le temps qui n'est plus ou qui n'est pas encore ne présente aucune différence.* Cependant, rien n'est plus naturel et plus

---

[1] Le 佩文韻府 *Peï-wén-yun-foù* est un dictionnaire d'expressions métaphoriques et poétiques composé de cent trente et un volumes épais, publié en 1711 de notre ère. Il fut compilé par ordre de l'empereur *Khâng-hi*; soixante et seize lettrés furent employés pendant sept ans à en recueillir les éléments. Il coûte, en Chine, plus de deux mille francs de notre monnaie.

philosophique surtout, de dire que *le temps est par
lui-même sans avenir comme sans passé*, qu'il n'a pas
de *démarcations naturelles*, comme tout ce qui a *une
forme palpable*, mais que, pour s'approprier à notre
intelligence bornée, *en se conformant*, comme je le
dis dans ma traduction, *à la position des astres, en
prenant la lune pour régulateur, on peut déterminer des
périodes de temps* comme *années, saisons, lunaisons* [1].
Il n'y a rien là, ce me semble, de si extravagant
pour provoquer les *points d'admiration* de M. Julien.
Il aurait dû les ménager un peu plus dans son élégante critique ; car il devrait savoir que les *points
d'admiration* et les LETTRES CAPITALES ne prouvent
rien en philologie, ou que, s'ils prouvent quelque
chose, assurément ce n'est pas de la science.

Par une de ces préoccupations dont il est impossible de se rendre compte d'une manière raisonnable, M. Julien me reproche d'avoir confondu je
ne sais quel membre de phrase avec tel autre dont
il n'y a pas la *moindre trace* dans mon travail. Ma
traduction de ce passage s'arrête au caractère 時
chi, « temps, saisons, » qui le termine fort naturellement ; et je commence la phrase suivante, qui

---

[1] « Le temps, a dit Laplace, est, par rapport à nous, l'impression
« que laisse, dans la mémoire, une suite de choses dont nous sommes
« certains que l'existence a été successive. Le mouvement est propre
« à lui servir de mesure.... On peut aussi employer à cette mesure
« les révolutions successives de la sphère céleste, dans lesquelles tout
« paraît égal ; mais on s'est unanimemement accordé à faire usage,
« pour cet objet, du mouvement du soleil. » (*Exposition du système du
monde.*)

traite d'objets tout différents, par les mots 極短 者 *khĭ toèn tchè, etc.* « *La fraction la plus courte du* « *temps se nomme cha-na ;* cent vingt *cha-na* forment « un *tan-cha-na, etc.* » (voy. *Journal asiat.* décembre 1839, p. 450 et suiv.); c'est l'énumération des divisions indiennes du temps, laquelle est séparée *matériellement, logiquement* et d'une manière *absolue*, de la phrase précédente. Il est vraiment étonnant que mon critique ait adopté une ponctuation aussi fautive que celle qu'il donne dans son texte; et, ce qui est plus étonnant encore, qu'il rattache à ce passage une phrase qui appartient à un tout autre ordre de faits et d'idées! Cependant, je le répète, M. Julien me reproche (p. 423 de sa critique, 5°, et p. 23 de son tirage à part), d'avoir *confondu* les derniers caractères de la phrase précédente avec les premiers de celle qui suit, et de les avoir aussi *séparés!* Il termine ensuite radieusement sa nouvelle traduction (n° 20) par un membre de phrase décousu, qui commence un long et important passage du texte omis dans sa critique [1], lequel n'a aucun sens où il est placé, séparé qu'il est de l'énumération qui suit.

21. Il y a ici une omission qui comprend trois pages de ma traduction (p. 450-453); pages très-importantes sur la mesure du temps et les divisions de l'année. J'ignore (ou plutòt je n'ignore pas) pour-

---

[1] Ce passage est compris dans les pages 450-453 de ma traduction (*Journal asiatique*, décembre 1839), que M. Julien a passées sous silence.

quoi mon critique les a passées sous silence. S'il les avait étudiées et entendues, il n'aurait peut-être pas commis les méprises que je signalerai bientôt.

M. Julien reprend sa critique au milieu d'une exposition des différents systèmes de division de l'année en saisons. L'inintelligence du texte et des sujets qu'il traite est ici poussée si loin, que j'ai eu peine à y croire moi-même. Il faut bien, cependant, se rendre à l'évidence des faits.

Je rapporte d'abord les paroles de M. Julien : ces paroles sont trop remarquables pour ne pas être reproduites :

« Le voyageur cite *six fois*, dans ce morceau, la « *correspondance* du calendrier chinois avec le calen- « drier indien, et chaque fois il s'est servi du mot « 當 *tang*, « cela *est équivalent*, cela *correspond.* » « Mais, comme le mot 當 *tang* signifie aussi *il faut*, « M. P. écrit chaque fois IL FAUT COMPTER, ON DOIT « COMPTER, ce qui empêche le lecteur de saisir la « *correspondance* que l'auteur veut établir. »

M. Julien, comme on le voit, prétend que 當 *tâng* signifie ici *équivalent, correspondant à*, et non *il faut*, ainsi que je l'ai traduit. Il avance cette critique avec assurance, et les lecteurs n'auront pas élevé le moindre doute sur son assertion. Je vais les détromper de manière à ôter à M. Julien la possibilité même d'une apparente justification.

D'abord, ni le *Choŭë-wên*, ni le dictionnaire de *Khâng-hí*, ni le *I-wén-pí-làn*, ni le P. Basile, ne don-

nent au caractère en question le sens de *équivalent*,
correspondant à ; il n'y a que Morrison, *sub voce* 當
tâng, qui le définisse en dernier lieu par *to be equal
to, adequate for, considered as or equal to*. Mais ces
expressions sont bien loin de signifier *correspondre à*,
comme l'exemple cité par Morrison : 當不起
Tâng-poŭ-kĭ, et qu'il traduit par *unable to bear up un-
der, inadequate to sustain the weight or responsability of*,
le prouve suffisamment. Si c'est dans ces définitions
de Morrison que M. Julien a trouvé au caractère
當 *tâng*, le sens de *équivalent, correspondant à*, il
s'est trompé. D'ailleurs ce caractère étant suivi de
此從 *thsèu thsoûng*, il ne serait entré dans l'esprit
de personne de le traduire comme M. Julien l'a traduit, contrairement à ma propre traduction. Aussi
est-il obligé de suppléer *temps qui s'écoule*, dont il
n'y a aucune trace dans le texte, et de traduire 此
thsèu, « pronom démonstratif des choses ou des per-
« sonnes prochaines » (Gramm. chin. de M. Rémusat. § 141), par *ici en Chine*.

Les observations qui précèdent suffiraient, je
pense, à elles seules, pour prouver d'une manière
décisive que ma traduction est fidèle et que la *rec-
tification* ou *correction*, ainsi que la critique de M. Julien, sont complétement fausses. Mais ces preuves,
toutes convaincantes qu'elles soient pour les esprits
non prévenus qui ont quelque connaissance de la
langue chinoise, vont se trouver confirmées d'une
manière irréfragable par un autre ordre de preuves

(43)

à la portée des esprits les plus étrangers à l'étude de
cette langue.

J'avais traduit cette partie du texte chinois (en
y comprenant le dernier paragraphe du passage très-
important omis à dessein par M. Julien) [1] :

« Il en est qui divisent l'année en quatre saisons,
« le *printemps*, l'*été*, l'*automne* et l'*hiver*.

« Les trois mois du printemps sont le mois *tchi-*
« *ta-lo* (sansk. *tchaîtra*), le mois *fei-che-kieou* (sansk.
« *vaisâkha*), le mois *chi-sse-tcha* (sansk. *djyéchta*). On
« doit faire compter cette saison depuis le seizième
« jour de la première lune jusqu'au quinzième jour
« de la quatrième lune. »

M. Julien a trouvé ma traduction fautive et il l'a
corrigée ainsi :

« Les trois lunes du printemps s'appellent... Elles
« *correspondent ici* (en Chine) au temps qui s'écoule
« depuis le seizième jour de la première lune jus-
« qu'au quinzième jour de la quatrième lune. »

D'où il suivrait, selon M. Julien, que *le premier
jour du printemps, dans* l'Inde, *correspond exactement
au seizième jour de la première lune en* Chine, c'est-à-
dire, en d'autres termes, que le premier jour du
printemps, dans l'Inde, qui correspond, dans notre
calendrier, à un jour variant *du 26 février au 9 avril,*
CORRESPOND, en Chine, à un jour de notre calendrier
variant *du 10 janvier au 16 février!*

L'écrivain voyageur bouddhique n'était pas aussi
ignorant des époques où commencent les années

<hr>

[1] Voyez *Journal asiatique*. décembr. 1839, page 453.

civiles dans l'Inde et en Chine pour les faire *coïn-cider* à la manière de M. Julien. Il fait d'abord con-naître dans un passage (omis par M. Julien dans sa critique, et qui précède immédiatement celui qui est en question) la manière de compter, dans l'Inde, l'âge de la lune, les mois lunaires [1], la marche du soleil en deçà et au delà de l'équateur, ainsi que plusieurs divisions de l'année en différentes saisons. La première division énumérée par lui est en *six saisons* [2]; la seconde, celle des bouddhistes, est en *trois saisons*, et la troisième en *quatre*. Il dit, à cha-cune de ces divisions de l'année, que la *première des saisons* (qu'il y en ait *six*, *trois* ou *quatre*) commence toujours le *seizième jour de la première lune* ou du premier mois de l'année. Une explication un peu étendue est ici nécessaire, afin de ne laisser aucun doute dans les esprits.

L'année ordinaire, dans l'Inde, appelée संवत्सर *samvat-sara* [3], ère *samvat* ou de *Vikramâditya*, est di-visée en douze mois lunaires, un mois intercalaire, nommé en sanskrit अधिक *adhika* ou *surnuméraire*, étant ajouté une fois environ tous les trois ans.

L'année commence à l'instant précis de la con-jonction du soleil et de la lune, c'est-à-dire au mo-ment de la nouvelle lune qui précède immédiate-

---

[1] Pages 450-453, lieu cité.

[2] Page 452, lieu cité.

[3] Ce terme, de même que le simple वत्सर *vatsara*, signifie, selon l'*Amarakôcha*, l'année, comprenant le cours septentrional et le cours méridional du soleil (Voyez *Amarakôcha*, édition Loiseleur Deslong-champs, p. 25).

ment le commencement de *l'année solaire*, tombant
par conséquent entre le trentième et le trente et
unième jour du mois solaire *tchaîtra*. Le jour de la
conjonction de la lune avec le soleil (en sanskrit
श्रमावास्या *amâvâsyá*) est le dernier jour du mois expiré,
le premier du nouveau mois étant le jour qui suit
la *conjonction* ou *nouvelle lune*. Le premier jour de
l'année *luni-solaire* indienne varie donc, comme je
l'ai déjà dit, du 26 février au 9 avril de notre calendrier; et elle commence quatorze ou quinze
jours plus tôt que *l'année solaire*.

Quoique le premier jour de l'année soit ainsi
bien fixé, il existe deux méthodes de compter les
mois. Dans le sud de l'Inde, les mois commencent
avec l'année, à la conjonction (*amâvâsyá*) ou *nouvelle lune*, et ils se divisent chacun en deux parties
dont l'une est appelée शुक्रपत्त *s'oukla-pakcha*, ou *aile
blanche* (période de la nouvelle lune et du premier
quartier), et l'autre कृष्णपत्त *krïchna-pakcha*, ou *aile
noire* (période de la pleine lune et du dernier quartier) [1].

Une autre méthode, qui est empruntée au *Soûrya-
siddhánta* [2], propre à l'ère *samvat*, et suivie dans tout
l'Hindoustan et le Télingana, fait commencer chaque mois de l'année avec la *pleine lune* (पूर्णिमा *poûr-
nimâ*) précédant la dernière conjonction; de sorte
que le *premier jour* de l'an tombe toujours au milieu du mois lunaire *tchaitra*, c'est-à-dire le *seizième*

[1] Voyez page 451, lieu cité; et Prinsep, *Useful Tables*.
[2] Voyez page 391, lieu cité.

jour de ce mois, et l'année commence alors avec *l'aile blanche* (शुक्रपक्ष *s'oukla-pakcha*), qui est la dernière du mois et qui commence avec la *nouvelle lune* (ग्रमावास्या *amâvâsyâ*).

C'est cette dernière méthode de compter les saisons de l'année indienne qui est exposée dans le texte en question.

L'auteur chinois a parfaitement compris ce dernier système, qui était alors et qui est encore le système suivi dans les parties de l'Inde qu'il visita, c'est-à-dire l'Hindoustan et le Télingana: et il l'expose avec clarté[1]. Ainsi, en faisant connaître la division de l'année en *six saisons*, il dit que la première saison se compte *depuis le seizième jour de la première lune* jusqu'au quinzième jour de la troisième lune; la seconde depuis *le seizième jour de la troisième lune* jusqu'au quinzième jour de la cinquième, etc. En exposant la division de l'année en *trois saisons*, il dit que la première saison se compte depuis *le seizième jour de la première lune* jusqu'au quinzième jour de la cinquième, etc. En exposant la division de l'année en *quatre saisons*, il dit encore que la première saison, qui est celle du printemps, se compte depuis *le seizième jour de la première lune* jusqu'au quinzième jour de la quatrième, etc. Dans cette dernière exposition, l'auteur chinois ne traduit pas les dénominations indiennes des mois, comme il a traduit celles des saisons; il les transcrit[2] et il dit

---

[1] Voyez *Journal asiatique*, décembre 1839, page 452.

[2] J'ai donné la synonymie sanskrite dans des notes qui accompa-

positivement que le premier mois à partir du *seize*, duquel on doit faire compter la saison du printemps, est le mois *tchi-ta-lo* ou *tchaîtra*, qui est précisément celui au milieu duquel commence l'année *luni-solaire* indienne.

Je suppose donc un instant que M. le professeur Julien n'ait aucune idée du calendrier indien, ni même de tout ce qui est relatif à l'Inde, il ne devait pas ignorer, au moins, que *le premier jour du printemps dans l'Inde* ne peut pas, *physiquement* et *mathématiquement*, CORRESPONDRE au *seizième jour de la première lune en Chine*, c'est-à-dire à un jour variant du 25 janvier au 28 février de notre calendrier. Il ne sait donc pas que *l'année lunaire* des Chinois, qui est l'année civile, commence toujours à la *nouvelle lune qui précède immédiatement l'entrée du soleil dans le signe des poissons* [1], laquelle varie ordinairement du 10 janvier au 16 février [2].

Il arrive que, par suite des différents systèmes qui règlent l'année civile chez les Indiens et chez

gnent ma traduction; notes dont M. Julien fait si peu de cas qu'il trouve mauvais qu'un journal anglais en fasse l'éloge (voyez *Journal asiatique*, mai 1841, pages 555, 556, note). J'accorde volontiers à M. Julien que ces notes nombreuses ne vaillent pas la peine d'être remarquées, mais je serais curieux de savoir dans quel ouvrage il en a publié seulement de pareilles.

[1] La *nouvelle lune* est exprimée dans les calendriers chinois par le caractère 朔 *sŏ*, et la *pleine lune* par 望 *wàng*.

[2] Voy. Gaubil, *Observations mathématiques, astronomiques*, etc. t. II, page 6; *Histoire de l'astronomie chinoise*; et M. Biot, dans le Journal des savants, janvier, février, etc. 1840. Voyez aussi M. Éd. Biot, *Journal asiatique*, décembre 1840. « Au XII⁰ siècle, comme aujour-

les Chinois, l'année commence dans l'Inde toujours *un mois* et quelques fois *deux mois* plus tard qu'en Chine. Il est donc de toute impossibilité que le *premier jour de l'année* (ou du printemps, ce qui revient au même) dans l'Inde *corresponde*, comme le prétend M. Julien, au *seizième jour de la première lune* en Chine; car il faudrait pour cela que l'année chinoise commençât seulement *quinze jours* plus tôt et toujours *d'une manière fixe* : deux incompatibilités flagrantes.

Tout le monde a pu lire dans les Relations de l'ambassade de la Compagnie des Indes-Orientales hollandaise vers l'empereur de la Chine, publiées par Van Braam[1] et M. De Guignes fils[2], que le premier jour de l'année chinoise, l'an 1795 de notre ère, tomba le 21 janvier; le premier jour de l'année *luni-solaire* de l'Inde, l'an 1852 de l'ère *samvat* ou de *Vikramâditya*, arriva le 20 mars de la même

---

« d'hui, dit M. É. Biot, la troisième lune chinoise était la seconde après « l'équinoxe vernal (fin d'avril, commencement de mai.) » M. Julien ne récusera pas ces témoignages. Voici comment s'exprime le père Gaubil : « L'empereur *Vou-ti* ordonna que la première lune de « l'année serait la même que du temps du grand *Yu*, fondateur de « la dynastie *Hia*, c'est-à-dire la lune dans laquelle serait le *Tsié-ki*, « qui répond à nos quinze premiers degrés du signe des poissons, ou « le *Tsié-ki* qui précède l'équinoxe du printemps d'un signe céleste. « L'année astronomique et solaire commença au moment du solstice, « et le commencement du jour à minuit. »

[1] Deux volumes in-4°, Philadelphie, 1797-1798. Les deux volumes in-8° publiés à Paris, en 1798, ne reproduisent que le contenu du premier volume; mais la mention du premier jour de l'année chinoise y est comprise, tome I, page 242.

[2] *Voyages à Péking*, etc. 3 vol. in-8°, avec atlas, Paris, 1808.

année. D'après la doctrine de M. Julien, qui prétend que le premier jour de l'année indienne *correspond au seizième jour de la première lune de l'année
chinoise*, ce premier jour de l'année indienne aurait dû tomber le 5 février (au lieu du 20 mars);
ou bien le premier jour de l'année chinoise devait
tomber seulement *quinze jours* plus tôt que l'année
indienne, c'est-à-dire le 5 mars (au lieu du 21 janvier).

Il n'y a qu'une objection possible à faire contre
ces faits décisifs et sans réplique; elle consisterait à
prétendre que, en supposant la *coïncidence* impossible de nos jours, elle pouvait exister du temps de
l'écrivain chinois, c'est-à-dire vers l'année 640 de
notre ère.

Cette objection n'aurait pas le moindre fondement.

Quant à l'Inde, son *année lunaire* actuelle, son
année commune, date d'une époque bien antérieure
à celle du voyageur bouddhique; c'est un fait historique qui n'a plus besoin de démonstration. Cependant voici un passage curieux, emprunté à Quinte-
Curce, et que personne, à ma connaissance, n'a
encore signalé jusqu'ici. Ce passage prouve que,
du temps de l'expédition d'Alexandre dans l'Inde,
327 ans avant notre ère (l'an 2774 du *Kali-youga*),
la division de l'année, chez les Indiens, était la
même qu'aujourd'hui :

« Menses in quinos denos descripserunt dies; anni
« plena spatia servant. *Lunæ cursu notant tempora*, non,

« ut plerique, cum orbem sidus implevit; *sed cum se*
« *curvare cœpit in cornua.* Et idcirco, breviores habent
« menses, qui spatium eorum ad hunc lunæ modum
« dirigunt. » (L. VIII, c. ix.)

L'historien latin d'Alexandre a fait *deux mois d'un
seul mois lunaire.* Il a pris les deux divisions du mois
indien : la *division*, ou *période blanche*, qui commence
à la *nouvelle lune* (*amâvâsyá*), et la *division*, ou *période
noire*, qui commence à la *pleine lune* (*poûrṇimâ*), pour
deux mois consécutifs, et cela avec d'autant plus de
raison cependant que les jours de chacune de ces
deux *divisions* ou *périodes* (ces jours *lunaires* se nomment तिथि *tithi*), commençant avec les *syzygies*, se
comptent dans le calendrier indien, par *premier*
(*prathami*), *deuxième* (*dvitiya*), *troisième* (*tritiya*), etc.
jusqu'à *quinze* seulement ; la numération recommen-
çant avec la *seconde* division ou période lunaire, les
deux séries de quatorze ou quinze jours constituant
ensemble le mois lunaire. La jonction des deux
quinzaines, ou du quinzième jour de la première
quinzaine, avec le *premier* jour de la seconde quinzaine, se nomme en sanskrit पर्वसन्धि *parvasandhi*,
« union par jonction. » Chacune de ces quinzaines
se nomme पक्ष *pakcha*, « aile. » Voyez अमरकोष *Amara-
kôcha*, liv. I, chap. i, s. 3.

Quinte-Curce remarque comme une particularité
propre aux Indiens, que ceux-ci comptent leurs
années ou leurs saisons (*tempora*), non comme la
plupart des peuples, au moment de la *pleine lune*,
mais à celui de la *nouvelle lune* (*cum se curvare cœpit*

in cornua), qui est encore *aujourd'hui* l'époque du commencement de *l'année lunaire* des Indiens ; ce qui prouve que l'année dont parle Quinte-Curce était *l'année lunaire* en usage du temps de notre voyageur, et non l'année solaire astronomique.

Quant à la Chine, l'usage du calendrier actuel, rejeté sous trois dynasties, remonte à une époque encore plus ancienne que celle déterminée par le passage de Quinte-Curce pour le calendrier indien.

Ce fut la première année *taï-thsou* de Wou-ti des *Han* (104 ans avant notre ère), en été, à la cinquième lune, que l'on remit en vigueur le calendrier des *Hia* sous le nom de 太初歷 *Taï-thsoú-li :* par lequel on fit de la *première lune* ou lune droite 正月 *tchîng-youĕi*, le commencement de l'année.

Voici comment ce fait est rapporté dans le *Lĭ-táï-kì-ssé :* « Le premier ministre ou conseiller d'état « (*tá-tchoûng-tá-foû*) *Koung-sun*, du titre de *king* (pre- « mière dignité), et *Hou-souï*, ainsi que le chef des « historiens *Sse-ma-tsian* et d'autres hommes émi- « nents dirent que les dates et les époques du calen- « drier étaient en désordre et défectueuses, qu'il « convenait de les changer et de les rectifier en pla- « çant le commencement de l'année à la nouvelle « lune : 言歷紀壞廢宜改正朔 *yân li kì* « *hoáï féï, î kàï tchîng sŏ.* En effet, le résultat des dis- « cussions qui suivirent cette représentation fut qu'il « convenait de faire usage du calendrier des *Hia* qui « était exact. Alors l'empereur fit venir son premier

« dignitaire ainsi que ceux qui avaient été du même
« avis que lui, et il leur ordonna de rédiger un ca-
« lendrier qui porterait le nom de calendrier *taï-thsou*
« des *Han*, dans lequel la *lune droite* formerait le
« commencement de l'année. » (*Lĭ-táï-kĭ-ssé*, k. xxv.
fol. 2.)

Ce commencement de l'année civile des Chinois,
déjà établi du temps des *Hia*, remis en vigueur par
l'empereur *Wou-ti* des *Han*, n'a pas varié depuis.

Ces preuves sont-elles assez claires? M. Julien
prétendra-t-il encore maintenant que 當 *táng* signifie : *correspond à* ? Je pense qu'il sera bien obligé
cette fois de convenir de sa double méprise, malgré
tout ce que sa réputation de sinologue et de savant
aura à en souffrir.

Je regrette d'avoir été mis dans la nécessité de
prouver avec surabondance et d'une manière qui
ne permet aucune réplique, que ma traduction est
exacte et que M. le professeur de langue chinoise
au Collége de France, tout en prétendant me trouver en défaut, a commis une de ces bévues qui
deviennent historiques dans la science. Il fallait
peut-être un pareil concours de preuves de nature
si différente, pour faire apprécier à leur valeur certaines prétentions, dont le moindre des ridicules
est de s'arroger une infaillibilité et une supériorité
sans contrôle.

Je devrais peut-être ne pas poursuivre plus avant
la réfutation d'une critique qui est maintenant

jugée; mais, quelque répugnance que j'éprouve à le faire, j'accomplirai ma tâche dans toute son étendue.

22. Il y a encore ici une assez grande lacune non signalée par mon adversaire.

L'expression *se retirer les jambes croisées*, dans un monastère ou toute autre retraite, en parlant de prêtres bouddhiques de l'Inde, n'est pas aussi étrange qu'elle le paraît à M. Julien. C'est le seul et véritable sens du caractère 坐 *tsò*, du texte, qui signifie *s'asseoir*[1], *être assis, l'opposé d'être debout*, comme le définit un dictionnaire chinois. Or je demanderai à M. Julien, de quelle manière s'asseyent les prêtres bouddhiques et même tous les Indiens? C'est tout simplement par terre, à la manière orientale et les *jambes croisées* comme les ouvriers tailleurs à Paris. M. Julien ne devrait pas l'ignorer.

Si j'ai rendu par *demeure de la tranquillité* (ou *monastère bouddhique*), et non par *retraite*, comme traduit M. Julien, les deux caractères 安居 *ngân kiû*, c'est que je les ai traduits comme ils doivent l'être. Le *I-wân-pi-làn* dit qu'*au figuré*, dans la locution *ngân-kiû*, le caractère *kiû* signifie *lieu de repos, place où l'on se repose* : 借爲安居居處之居 *tsie wéi ngân kiû : kiû tchoù tchî kiû.* Cette défi-

---

[1] Dans la Nomenclature pentaglotte bouddhique de la Bibliothèque royale de Paris, ce même caractère *tsò* est employé pour désigner l'état de *BOUDDHA « assis » sous un arbre, dans un lieu exposé à la rosée de la nuit, entre des sépulcres*, et tout le monde sait que *BOUDDHA* est toujours représenté *assis, les jambes croisées*.

nition assez claire, ce me semble, suffirait à elle seule pour faire apprécier à leur valeur la critique et la traduction de M. Julien; car, pour des religieux bouddhiques, un *lieu de repos* où l'on se retire loin du monde, est bien une *demeure de la grande tranquillité*, un *monastère*. Mais voici un exemple qui prouve sans réplique que ma traduction est la seule exacte. Le savant commentateur du *Taò-tĕ-kíng* de *LAO-TSEU*, le docteur *Sie-hoeï*, date sa préface de 大 寧 居 *tá níng kiú*, (année 1530 de notre ère). M. Julien traduirait donc ces mots par : *de la retraite du grand repos*, ou *de la grande tranquillité*, en prenant le mot *retraite* dans un sens métaphysique abstrait, ou, comme il l'explique, signifiant *l'état d'une personne qui s'est éloignée du monde pour vaquer, pendant un temps déterminé, à des exercices de piété*. Cela serait absurde. On ne date pas un écrit *d'un état de l'âme*, mais bien d'un *lieu* quelconque, situé sur la surface du globe. Il serait plaisant de rendre, d'après la doctrine de M. Julien, les expressions citées plus haut du docteur *Sie-hoeï*, par *de la retraite*, ou *de l'état souverainement tranquille de mon âme*, l'année *kia-tsing*, *kăng-yin* du cycle (1530). Ainsi, les trois caractères ci-dessus ne peuvent signifier que *lieu*, *demeure*, (monastère ou autre) *du grand repos*, *de la grande tranquillité*, et cette expression est parfaitement équivalente à celle de 安 居 *ngân-kiú*, critiquée par M. Julien, et qu'il n'a pas comprise.

On sait d'ailleurs que c'est une coutume propre

aux sectateurs de *Bouddha* et de *Lao-tseu*, de donner à leurs monastères des noms semblables destinés à faire connaître le but de leur institution et celui de leur destination.

前 *thsiân* et 後 *héou* ne sont point des *adjectifs*, mais des *adverbes*.

Il n'y a dans la phrase en question aucun caractère qui puisse signifier *tantôt*, de la traduction de M. Julien; car 或 *hoĕ*, qu'il traduit ainsi, et que j'ai rendu par *les uns...... les autres......*, veut dire *une chose, une quantité indéterminée*, qui laisse du doute dans l'esprit. Le philosophe *Tchoû-tseù*, cité dans *Khâng-hî* et dans le *I-wén-pi-làn*, dit que *c'est l'expression d'un doute qui n'a pas encore été éclairci et fixé*: 疑而未定之辭 *î eûlh wéi ting tchî tseû*. C'est le sens adopté d'ailleurs dans tous les dictionnaires. Il n'est donc pas, il ne peut donc pas être un *adverbe de temps*. Aucun dictionnaire chinois ni chinois-européen n'autorise à lui donner une telle signification.

23. M. Julien me reproche encore ici de *ne pas avoir compris le mot* 當 *tâng*, qui (toujours selon lui) signifie : cela *équivaut*, cela *correspond*. «Faute « d'avoir compris le mot 當 *tâng*, dit-il, M. Pau- « thier *a fait disparaître la coïncidence que l'auteur éta- « blit ici entre le calendrier indien et le calendrier chi- « nois.* » (Cf. § 2 1 .)

On a vu dans l'article précédent (n° 2 1) ce qu'il faut penser de cette *coïncidence.*

Je suis encore obligé de signaler ici une nouvelle méprise de mon critique. Dans l'article précédent il prétend qu'il faut traduire ainsi la dernière phrase : « *Tantôt pendant les trois lunes antérieures, tantôt pen-* « *dant les trois lunes postérieures.* » J'admets, pour un instant, sa traduction, et je lui demanderai ensuite comment il justifie celle qu'il a donnée de l'article 23, ainsi conçue : «Les *trois lunes antérieures* « (qui ne peuvent s'entendre que des trois premières «lunes de l'année indienne) *correspondent*[1] ici (en «Chine) au temps qui s'écoule depuis le seizième «jour du *cinquième mois,* jusqu'au quinzième jour «du *huitième mois; les trois lunes postérieures* (qui ne « peuvent s'entendre que des trois derniers mois de «l'année indienne) correspondent ici (toujours en «Chine) au temps qui s'écoule depuis le quinzième «jour de la *sixième lune,* jusqu'au quinzième jour «de la *neuvième lune.* »

Ainsi, d'après la traduction nouvelle de M. Julien, les *trois premières lunes* de l'année indienne qui, en 1841 (les calendriers indiens et chinois n'ont pas changé depuis plus de 2000 ans), ont commencé le *23 mars* et ont fini le *29 juin* de notre calendrier, doivent *correspondre,* en Chine, au temps qui s'est écoulé depuis le *3 juillet* (*seizième jour du cinquième mois de l'année chinoise*), jusqu'au *30 sep-tembre* (*quinzième jour du huitième mois*); et les *trois dernières lunes* de la même année, qui commence-ront dans l'Inde le *13 décembre* et finiront le *10 mars*

---

[1] Le mot est souligné par M. Julien lui-même.

1842, de notre calendrier, doivent *correspondre*, en Chine, au temps qui s'est écoulé depuis le *2 août* (*quinzième jour de la sixième lune de l'année chinoise*), jusqu'au *30 octobre 1841* (*quinzième jour de la neuvième lune*). Les trois derniers mois d'une année commençant *deux mois avant* que les trois premiers fussent *finis!* est-il possible de faire dire à un auteur, que l'on a la prétention de retraduire exactement, quelque chose de plus absurde?

Il reste donc bien démontré que, dans ce paragraphe ainsi que dans le précédent, les deux caractères 前 *thsiân* et 後 *héou* ne peuvent pas être considérés comme des *adjectifs* et être traduits, comme les traduit M. Julien, par *antérieur* et *postérieur*, malgré sa prétendue *règle de position*, qui ne peut pas faire que les calendriers indien et chinois concordent entre eux lorsqu'ils n'ont aucun rapport de conformité ni de concordance.

Quant aux expressions *avant trois lunes, après trois lunes*, de ma traduction, et qui sont dans le texte, en traduisant 前 後 *thsiân, héou*, dans le sens *adverbial* que ces caractères ont presque constamment, il faudrait, pour en saisir le sens, connaître des particularités de la doctrine bouddhique que j'ignore ; mais la manière de les appliquer au calendrier indien ne présente rien que de très-naturel et de parfaitement exact. Je dois ajouter seulement qu'il a échappé à l'impression, ou peut-être dans ma copie, un membre de la dernière phrase, qui doit être réta-

blie ainsi : « Si c'est après trois lunes, ils doivent
« la faire compter du *seizième jour* de la *sixième*
« *lune*, etc. »

24. Je suis forcé, par l'insistance de M. Julien,
de revenir encore sur la signification de 前 *thsiân*.
Il prétend que lorsqu'il est pris *adverbialement*, de
même que 後 *héou*, il doit toujours se mettre après
les mots qu'il modifie (§ 22). Cette règle est bien
loin d'être générale. On lit dans le *Lì-kì* cette phrase
citée dans *Khâng-hî*, sub voce 前 *thsiân* : 我未之
前聞也。 *ngò wéï tchi thsiân wén yé;* « je n'avais pas
« encore *antérieurement* entendu cela. » Je pourrais
rapporter beaucoup d'autres exemples de la même
position des adverbes cités. Je maintiens donc le
sens de ma traduction, laquelle, bien loin d'être
en *opposition* avec le texte, comme le prétend M. Julien, est la *seule* qui y soit conforme. Je vais en
donner la preuve.

Dans la phrase qui nous occupe, l'auteur chinois
dit qu'avant que les livres bouddhiques fussent traduits en chinois, et par conséquent *avant* que l'on
connût parfaitement la *prescription* relative à l'entrée
en retraite dans un monastère, les époques n'en
étaient pas fixées de la même manière; « les uns di-
« saient qu'il fallait se mettre en retraite *pendant*
« *l'été*, les autres qu'il fallait le faire à l'époque *lă*,
« qui tombe immédiatement après l'arrivé du sols-
« tice d'hiver. »

Il n'y a rien là, comme on le voit, que de très-

(59)

naturel et de très-logique. Mais M. Julien qui a sup-
primé les mots : *pendant l'été*, dans la citation qu'il
fait de ma traduction [1], et qui la dénature encore
davantage en me faisant dire *avant* le solstice d'hiver,
au lieu de *après*, comme cela est imprimé, M. Julien, dis-je, ne se contente pas des choses simples
et naturelles; il lui faut des *coïncidences* auxquelles
personne n'avait jamais pensé avant lui, des acceptions de mots que lui seul emploie. Il travestit
la phrase n° 24 en un non-sens forcé qui est aussi
contraire à la grammaire chinoise qu'à la logique.
Il donne encore au caractère 或 *hoĕ*, (*errare, du-*
bitare; obcæcatus, indeterminatus ; obcæcare; fortassis,
vel, sive, aut; Basile), le sens de *tantôt*, qu'il n'a jamais, et qu'il ne peut pas avoir, comme je l'ai démontré précédemment (n° 22); il attribue à 云
yún, « dire , » le sens actif *appeler*, oubliant qu'il me
reprochait (§ 2) de lui avoir attribué le sens de
nommer (quelle inconséquence !), et, enfin, au lieu
de traduire 坐 *tsò*, « s'asseoir dans un lieu retiré,
« se mettre en retraite, » comme cela est exprimé
d'une manière formelle dans l'avant-dernier paragraphe (n° 22); et comme, d'ailleurs, la corrélation
du texte et des idées l'exige ici impérieusement, il
le *transcrit* pour le joindre au caractère qui le suit
et en fait les deux mots barbares *tso-hia* et *tso-la*,

---

[1] Comparez pag. 427, mai 1841, et p. 455, décembre 1839, du
Journal asiatique.

qui n'ont aucune signification dans aucune langue connue.

M. Julien prétend, en outre, que *le texte chinois ne dit pas un mot qui puisse s'appliquer au solstice d'hiver;* cette assertion est plus que légère. Je vais en donner la preuve irrécusable.

Le dictionnaire de Morrison (part. ii, n° 6,855) définit ainsi le caractère 臘 *lă*, « some time after the « winter solstice, » *quelque temps après le solstice d'hiver.* Le *Choŭë-wén* (je ne réponds aux assertions personnelles de M. Julien, qu'il croit sans doute ne pas avoir besoin de preuves, que par des *autorités* ou des *faits*), le *Choŭë-wén*, dis-je, déclare que « c'est « la troisième heure de la nuit (la neuvième dans « notre manière de compter) qui suit immédiate- « ment l'arrivée de l'hiver, et à laquelle on offre des « sacrifices à tous les esprits : » 冬至後三戌臘祭百神 *toŭng tchi héou sán siŭ lă tsi pĕ chín.* C'est le sens que ce caractère a dans le *Lì-kì* ou *Livre des rites*, et le commentaire de ce livre fait remarquer que c'est ce que, dans le *Tcheoû-lì* ou *Livre des rites de la dynastie des Tcheoû*, on appelle *sacrifice tchá* [1]. Toutes les citations du dictionnaire de *Khâng-hî* ne font que confirmer la définition du *Choŭë-wén.* Le premier de ces dictionnaires, et le *I-wén-pi-làn*, disent que : « dans les livres de la secte du *Taò* ou

---

[1] 蜡祭 *tchá-tsi.* Le P. Basile dit du premier de ces caractères (n° 9477) : « Nomen sacrificii quod in fine anni fit cunctis « spiritibus et constat ex omnibus terræ fructibus. »

« de la *Raison suprême*, il est question de cinq *lă*, ou
« *heures saintes*, pour les familles des *Taò-ssé*. Le pre-
« mier *lă* (ou la première *heure sainte*) a lieu le pre-
« mier jour de la première lune : c'est le *thiân-lă* ou
« *l'heure céleste;* la seconde *heure sainte* a lieu le cin-
« quième jour de la cinquième lune : c'est le *thi-lă*
« ou *l'heure terrestre;* la troisième *heure sainte* a lieu
« le septième jour de la septième lune : c'est le *taò-*
« *tĕ-lă* ou *l'heure de la raison suprême et de la vertu;* la
« quatrième *heure sainte* a lieu le douzième jour de
« la dixième lune : c'est le *mîn-soŭï-lă* ou *l'heure de*
« *l'année du peuple;* la cinquième *heure sainte* a lieu
« le premier jour de la douzième lune : c'est le *wâng-*
« *héou-lă* ou *l'heure des rois et des princes.* » Le *lă* est
donc une époque de retraite et de recueillement,
une *heure sainte* qui, dans la secte des *Taò-ssé*, arrive
cinq fois dans l'année, et qui, dans le système des
lettrés chinois, suit immédiatement l'instant précis
de *l'arrivée de l'hiver* [1], par conséquent du *solstice
d'hiver*, en langage astronomique européen. Seulement je ferai une légère correction à ma traduction, non pas dans le sens de M. Julien, mais pour
me conformer aux définitions rapportées ci-dessus.
J'écrirai donc : *immédiatement après l'arrivée du solstice
d'hiver*, au lieu de *quelque temps après* (M. Julien me
fait dire faussement *avant*), comme je l'avais écrit
d'après la définition inexacte de Morrison.

Quant au caractère 夏 *hiá*, il désigne ordinaire-

____
[1] 冬至 *toŭng tchí*, « solsticium hiemale in Capricornio. »
(Basile.)

ment *la saison de l'été;* mais il signifie aussi l'époque
du commencement de l'été, c'est-à-dire le *solstice*
de cette saison correspondant au *solstice* d'hiver. Ces
deux époques de retraite bouddhique avaient donc
pu être choisies, selon les idées chinoises, *avant*
que les livres bouddhiques sanskrits, qui prescri-
vaient d'autres époques de retraite, eussent été traduits en chinois. Une fois traduits et une fois les
prescriptions relatives à ces retraites connues, les
époques de ces retraites durent être celles observées
dans l'Inde, et qui sont indiquées dans les paragraphes 22 et 23, si mal compris et si inexactement
retraduits par M. Julien, qui y a vu des *coïncidences*
que personne, depuis plus de deux mille ans, n'avait
jamais soupçonnées.

L'expression *jambes croisées,* de ma traduction,
est encore *soulignée* dans ce paragraphe par M. Julien, qui la fait suivre, comme c'est son habitude,
par un point d'admiration entre parenthèses. J'ai
démontré (au § 22) que cette expression, dans les
circonstances et appliquée à des prêtres bouddhiques,
était parfaitement exacte pour compléter l'idée du
mot 坐 *tsò*, vulgo *s'asseoir.* L'admiration ironique
de M. le professeur est donc au moins fort dé-
placée.

25. On vient de voir, dans l'article précédent,
comment les sectateurs chinois de *Bouddha, avant*
qu'ils connussent bien ses instructions par la traduction en chinois des rituels sanskrits, se retiraient

dans des lieux consacrés pour y faire leur retraite,
à *deux époques* de l'année différentes de celles qui
étaient observées dans l'Inde. M. Julien, qui veut
absolument me trouver en défaut, prend ces deux
époques (celle du *solstice d'hiver* et celle du *solstice
d'été*) pour une *double prononciation* : « tantôt *tso-hia*,
« tantôt *tso-la*. » Sait-on pourquoi? Certainement, il
n'y avait que M. Julien qui pût le deviner. « Cela,
« dit-il (cette *double prononciation*), vient de ce que
« les peuples situés au delà des frontières (c'est-à-dire
« les Indiens) ont des usages différents (cela n'est
« pas étonnant), et *ne possèdent pas la vraie prononcia-
« tion de la langue chinoise*, littéralement *de la Chine;* »
(cela est encore moins étonnant : il est même à
présumer qu'ils ne possèdent ni la *vraie* ni la *fausse
prononciation de la Chine*, pas plus que celle *de la
France*); « ou bien (je continue à citer) de ce
« qu'alors les mots des pays étrangers n'étant pas
« encore bien compris » (sont-ce les Indiens qui
ne comprennent pas encore *bien* les mots étrangers
chinois, ou les Chinois qui ne comprennent pas
encore *bien* les mots étrangers sanskrits? cela va-
lait bien la peine d'être éclairci), « ceux qui les
« ont traduits et transmis ont pu commettre une
« erreur. »

Voyons quel sens peut ressortir de cette traduction. Ce qu'il y a de plus raisonnable à en tirer est,
ce me semble, que les anciens traducteurs des livres
bouddhiques indiens ont dû rendre en chinois un
terme bouddhique sanskrit qui devait signifier *deux*

époques différentes de retraite (voyez § 22), et que, peu habiles dans la langue chinoise, ils n'ont su ni le *traduire* ni le *transcrire* exactement, et qu'alors ils se sont bornés à dire, selon M. Julien, « tantôt *tso-hia*, « tantôt *tso-lä*. » J'admets pour un instant cette hypothèse; je demanderai alors à M. Julien comment cette impuissance des traducteurs chinois des livres bouddhiques, ou, si on l'aime mieux, cette difficulté à rendre en chinois un terme sanskrit (entre *dix mille* peut-être) pourrait-elle venir de ce que *les peuples situés au delà des frontières ont des usages différents* (lisez tout le paragraphe)? N'ont-ils pas des *usages différents* pour tous les autres mots de la langue, et ces *usages différents*, etc. ne se sont opposés qu'à la *traduction* et même à la *transcription exacte* d'un *seul mot !* Cela dépasse tout ce que l'on pourrait imaginer de plus illogique et de plus absurde; mais ce n'est pas tout. Voudrait-on prétendre que les traducteurs des *livres bouddhiques* en chinois étaient non des *Chinois*, mais des *Indiens*, et qu'alors les motifs donnés dans le § 25, de la difficulté qu'ils ont éprouvée de *traduire* et même de *transcrire* exactement en chinois *un mot sanskrit* signifiant *l'époque de deux retraites*, peuvent être raisonnablement admis? Les mêmes objections sans réplique peuvent être faites à cette seconde supposition comme à la première; l'effet est trop disproportionné avec la cause; il n'y a qu'un mot à répondre : cela n'aurait pas l'ombre du sens commun.

Mais ces deux suppositions sont même purement

gratuites. Il n'est pas plus question de *difficultés à traduire* en chinois, ou même à *transcrire* certain mot sanskrit du rituel bouddhique, que de *double prononciation*. Les deux expressions que M. Julien prétend (§ 24) *qu'il faut conserver en français sans les traduire, pour montrer, comme le veut l'auteur, à quoi tient cette différence de prononciation*, désignent les *deux époques* différentes des *deux retraites* dont il est question dans le § 22 ; elles ne peuvent donc pas être la *double prononciation* d'un seul et même mot sanskrit, lequel ne pourrait désigner qu'une *seule retraite*, comme l'entend M. Julien, qui veut *que l'on conserve en français, sans la traduire, cette double expression, pour montrer à quoi tient cette différence de prononciation* (la différence de *tso-hia* et de *tso-lă*). La preuve que, dans le § 24, il est question de *deux époques différentes* de retraite, ou de *deux retraites à deux époques différentes* (et non d'une *seule retraite* dont les traducteurs n'ont su ni *traduire*, ni *transcrire exactement le nom*, comme le voudrait M. Julien (en mettant de côté le texte chinois qui est très-clair et très-précis), c'est que : 1° de l'aveu même de M. Julien, le § 22 dit que les bouddhistes de l'Inde *se mettent en retraite à deux époques différentes de l'année;* 2° que, dans ce même paragraphe et dans le suivant, les *deux époques de retraite* sont indiquées; 3° que, dans le § 24, il doit être question de ces *deux époques de retraite* ou de ces *deux retraites*, et non pas d'*une seule*, comme le prétend M. Julien : autrement il serait en contradiction avec les deux paragraphes précédents; ce que ne permet pas de supposer, d'ailleurs, ni le sens, ni l'arrangement du texte chinois de ce dernier paragraphe, qui correspond parfaitement aux deux précédents ; 4° enfin, c'est que, dans le § 24, l'auteur chinois met en opposition les *deux époques de retraite bouddhique*, telles qu'elles étaient fixées (d'après les idées chinoises) avant la traduction des rituels sanskrits, avec les *deux nouvelles époques de retraite*, telles que la traduction en chinois des rituels bouddhiques les a fait connaître.

N'est-il pas étrange, après cela (je pourrais employer un autre mot), de venir dire (§ 25) : « M. Pau-« thier n'a saisi ni la construction ni le sens de la « première partie de la phrase : « cela (*la double pro-« nonciation tso-hia, tso-lă*) vient de ce que les peuples « situés au delà des frontières, ont des usages diffé-« rents. »

D'abord, en admettant, ce qui n'est pas, que les caractères 不達中國正音 *poŭ tă tchoûng-koŭë tching yin*, puissent se construire ensemble, ils n'auraient pas, ils ne pourraient pas avoir la signification que M. Julien leur donne. Personne n'a jamais dit, ne s'est jamais avisé de dire : *la véritable prononciation d'un royaume!* on le dit d'une *langue*, mais d'un royaume! de celui de la Chine, par exemple, où la langue qui y est parlée se prononce très-différemment dans chaque province! On dira peut-être que cette manière de parler est une *ellipse;* mais si c'est une ellipse, je défie bien que l'on m'en trouve une

semblable, bien reconnue, dans les livres chinois.
Si l'auteur avait voulu désigner dans son texte la
langue chinoise, il aurait dit : 中 國 之 話 *tchoûng-
koŭ̈ë tchî hóa* « La langue du royaume du Milieu, de
la Chine. » Les six mots chinois cités plus haut ne
peuvent donc pas se construire ensemble, comme
le prétend M. Julien, et les deux derniers caractères
正 音 *tching yîn,* « prononciation exacte, » ne peuvent se rapporter qu'à la prononciation *par les Chinois,* de la langue *sanskrite* ou *pali,* dans lesquelles
étaient écrits les livres de *Bouddha,* langue que l'on
connaissait ou que l'on parlait dans les pays où les
prêtres bouddhistes chinois allaient voyager (ce qui
est ici le cas), et non pas à la prononciation, *par
les Indiens,* de la langue *chinoise* dont ils n'avaient que
faire, puisqu'ils ne voyageaient pas en Chine, qu'ils
n'y allaient chercher aucune religion, aucun livre
à traduire en *sanskrit* ou en *pali.*

M. Julien prétend encore que 達 *tă* signifie *posséder parfaitement,* et non *penétrer dans un pays.* Je
n'ignore pas du tout qu'au figuré, au moral, ce caractère chinois signifie *comprendre parfaitement, posséder
parfaitement* « la connaissance de telle ou telle chose »
(ce complément est nécessaire). Les expressions
qui peuvent le mieux rendre le sens du caractère
chinois, sont les mots latins *penitus intrare.* La signification que je lui ai donnée dans la phrase qui nous
occupe, est également exacte; c'est celle que Morrison (2ᵉ partie, n° 9,700) lui donne par ces défi-

nitions : *to cause to know, to inform*, « faire connaître,
« informer. » On dirait très-correctement en français :
« *L'habitude de parler de politique, dans les tribunes*
« *publiques, n'a pas encore* pénétré *en Chine ; c'est-à-dire :*
« n'est pas encore passée dans les habitudes de ce
« pays. »

Ce caractère se prend aussi au physique. On lit
dans le *Choû-kîng*, au chapitre *Yu-kong* : « il pénétra,
« il parvint jusqu'au fleuve *Hoâng-hô*, » 達 于 河
tă iû hô. Le sens que M. Julien lui donne ne peut
être admis et soutenu, car ce caractère n'a jamais
la signification de *callere*, qu'il lui attribue ; on peut
avoir *pénétré* une chose par l'intelligence, sans, par
cela même, être habile en cette chose, comme c'est
le cas pour la *véritable prononciation* d'une langue
à laquelle il faut l'usage d'une application continue.

J'ajouterai encore un dernier mot sur ce paragraphe : M. Julien pouvait se dispenser de me
renvoyer au Dictionnaire de Morrison et au *Péï-*
wên-yûn-foû, pour apprendre le sens de l'expression
方言 *fâng-yân*, puisque je l'ai donné dans ma traduction, en disant : *le langage dans certaines pro-*
vinces, etc. Ces mots ne sont-ils pas les équivalents
de ceux-ci, de M. Julien : *expressions locales ?* Ces
derniers mots, d'ailleurs, ne traduisent pas exactement les deux caractères chinois signifiant à la lettre
langages ou idiomes indigènes. Il ne m'était pas venu
dans l'esprit d'appliquer à la Chine ces mots : *le lan-*

gage dans certaines provinces (application que rien ne
peut faire supposer dans la construction de la phrase),
mais aux différentes provinces de l'Inde dans lesquelles sont parlés divers idiomes du sanskrit. L'é-
claircissement tiré par M. Julien du *Pëï-wên-yún-foù*
était donc parfaitement inutile.

26. « J'ai besoin de prévenir le lecteur (dit ici
« M. Julien), 1°Que les mots *LE SOLEIL ET LA LUNE* (!)
« employés par M. P. correspondent aux mots de ma
« traduction (différence de) *jours et de mois*.

2° Que les mots « tout cela ne peut être rendu en
« chinois que par des termes irréguliers, » répondent
« aux mots chinois : 皆有參差 *kiaï yeou tsan tcha*
« (dies et menses) *habent differentias*.

3° Que la phrase : « par la nécessité où l'on se
« trouve de n'en parler que de seconde main » ré-
« pond aux mots chinois 語在後記 *iu-tsaï heou
ki, etc.* »

Je *n'ai pas besoin*, moi, de *prévenir* le lecteur que
la critique de M. le professeur Julien est aussi dis-
tinguée par la forme que solide par le fond; ce
fait est assez évident par lui-même. Il y a des choses qu'il suffit de citer pour en faire justice.

Tous ceux qui ont quelques jours d'étude de chi-
nois, savent que *soleil* et *jour*, *lune* et *mois* s'écrivent
par les mêmes caractères; ce n'est que par le contenu
de la phrase, que l'on juge s'il est question de *soleil*
ou de *jour*, de *lune* ou de *mois*. Je ne vois donc pas trop
la nécessité où s'est trouvé M. Julien de *prévenir* son

lecteur que les mots *LE SOLEIL ET LA LUNE* (!), comme il écrit, employés par moi pour traduire 日 *jĭ* et 月 *youĕï*, répondaient aux mots de sa traduction *jours* et *mois*.

Je nie qu'il faille traduire ici les caractères 日 *jĭ* et 月 *youĕï*, par *jours* et *mois*, au lieu de les traduire par *soleil* et *lune*, ainsi que je les ai rendus; comme je nie que l'on doive traduire les derniers caractères de la phrase citée plus haut (3°), par : *les discours ou les détails* (relatifs aux différences chronologiques) *se trouvent* ou *trouveront* (sic) *dans les récits qui vont suivre.*

La raison en est bien simple ; c'est qu'il n'y a *aucun récit* de ce genre *dans ce qui suit.*

Après une énumération de plusieurs choses, la particule 皆 *kiăï*, qui vient ensuite, les *résume* toutes, absolument comme en français la locution *tout cela*, que j'ai employée dans ma traduction. S'il faut des autorités à M. Julien, qui n'en donne presque jamais à l'appui de ses assertions doctorales, je vais lui en fournir.

Le *Chouë-wén* définit ce caractère par 俱詞 *kiû-thsê*, « accusation complexe, cumulative, » le mot 詞 *thsé*, « accusation, » ayant ici le même sens qu'en français lorsqu'on emploie ce mot pour *déclaration, énonciation, énumération.* Le petit *Eulh-ya* (cité dans *Kháng-hi*) définit ce caractère par 同 *thoúng*, « tous « ensemble. » Morrison (2ᵉ part. n° 5463) le définit par *all taken collectively*. Il est hors de doute que lorsqu'on vient de lire en chinois l'énumération de plusieurs choses, et qu'on trouve 皆 *kiái*, ce caractère doit signifier *tout* ce qui vient d'être *accusé, déclaré, énuméré*, *tout cela* en résumé; puis l'opinion émise sur ce qui a été ainsi repris *in globo*, par l'écrivain; *tout cela* est bien clair, *tout cela* ne souffre aucun doute (pour parler à la manière chinoise). Et cependant M. Julien fait de cette *particule énumérative* un *pronom démonstratif*, et il la traduit (il faut vraiment que M. Julien compte beaucoup sur la simplicité de ses lecteurs) par *ces calculs; calculs* dont il n'y a pas l'ombre dans le texte.

En outre, il traduit en latin cette même particule, avec les trois caractères qui la suivent, par (*dies et menses*) *habent differentias*. Qui se serait douté de cela avant M. le professeur?

M. Julien fait ici le généreux en disant : « Je m'abs-
« tiens d'examiner la traduction de M. Pauthier qui
« occupe les pages 456, 457, et une partie de la
« page 458. » Il donne pour prétexte apparent, « que
« ce morceau est rendu d'une manière si fautive,
« qu'il lui faudrait le retraduire en entier et consa-
« crer une quinzaine de pages pour signaler les er-
« reurs qu'il renferme. »

Ce n'est pas là le vrai motif assurément, puisque M. Julien consacre souvent plus de quinze pages de sa prétendue critique à des passages beaucoup plus courts, et qu'il ne s'est pas fait scrupule de *retraduire*

ce que j'avais exactement traduit avant lui. Le prétexte apparent donné par M. Julien est trop mal-
adroit pour qu'il trompe personne. Le vrai motif,
c'est que, n'ayant fait, moi, qu'analyser le *morceau* en
question, sans le *traduire entièrement*, M. le professeur n'a pas cru devoir se hasarder à en donner une
traduction de sa façon. C'était cependant pour lui
un mérite de plus, de traduire complétement ce que
je n'avais fait qu'analyser, et *que j'ai rendu,* selon
lui, *d'une manière si fautive.*

Cependant, ici même encore, il n'a pu s'empê-
cher de commettre, en passant, trois lourdes méprises.

« Page 458, ligne 16, dit-il, M. Pauthier prend
« le coton 氎布 pour de la *laine;* la soie brune des
« vers à soie sauvages 野蠶絲 (qui vivent sur les
« arbres) pour de la *soie écrue;* le lin pour le *chanvre*[1]
« 麻, » et il ajoute avec un superbe dédain : « *Mais
« passons : ces sortes de fautes sont trop nombreuses pour
« être enregistrées ici.* »

Vraiment, M. le professeur ! je crois vous avoir
prouvé jusqu'ici que ces airs dégagés vous allaient
fort mal. Voyons si cette fois je serai moins heureux.

Le 氎布 *ti poú,* n'est point, comme vous le
prétendez, *le coton;* c'est, comme je l'ai traduit, un

---

[1] M. Julien a voulu sans doute dire, par ces derniers mots, que
je prends le chanvre pour *du lin,* puisque c'est *d'une espèce de lin*
qu'il est question dans ma traduction, et non *de chanvre :* mais il
a dit le contraire de ce qu'il a voulu dire.

vêtement de laine. En voici la preuve. Le premier de ces deux caractères, 氎 *tĭ*, appartient au radical 毛 *máo*, « cheveux, poils, plume, laine, » radical de tout ce qui appartient aux *cheveux, poils, laine, etc.* ou qui en est confectionné. Je défie qu'on trouve dans aucun dictionnaire, sous ce même radical, un caractère qui signifiât même l'*ombre du coton;* le coton n'est pas, que je sache, un *produit animal*, comme le *poil, la laine, etc.* Ce que je viens de dire sur le radical auquel le caractère chinois appartient, le prouve suffisamment. Mais voici des autorités.

Le P. Basile définit le caractère 氎 *tĭ* [1] par *quidam albus pannus ex tenuissima lana confectus in regno Kao-tchang* (pays des Ouigours). Est-ce clair?

---

[1] Ce caractère ne se trouve pas dans le *Choŭĕ-wén;* il n'a commencé à être en usage que sous les Thang, à l'époque même où les Ouigours et les Thibétains envoyèrent à l'empereur de la Chine des présents en étoffes de *fine laine tĭ*, pour laquelle on forma le caractère en question.

氎 *tĭ* signifie littéralement *de la laine* nommée *tĭ*, car 㲲 *tĭ* est ici purement un *groupe phonétique*, donnant le *nom* de la *laine*, représentée par le radical 毛 *máo*, « laine, poil, » etc.

Selon le *Borhan-Kati*, « on appelle en turk تفتيق *tiftik* le *poil* « *fin et soyeux de la chèvre* que l'on retire avec un peigne et dont on « fait de fins tissus, tels que chàles et autres. » C'est, d'après toutes les vraisemblances historiques et philologiques, le *même poil fin et soyeux* qui est désigné en chinois par le mot 氎 *tĭ*, lequel est la première syllabe, avec l'accent bref conservé, du mot turk oriental ou ouïgour تفتيق *tiftik*, nom abrégé à la manière chinoise en conservant seulement la première syllabe. Il reste donc bien démontré, ce me semble, qu'il n'est pas question ici de *coton*.

Morrison le définit par : *fine hair or wool cloth, manufactured on the western side of China for garments, etc.* Est-ce clair?

Le dictionnaire de *Khâng-hi* et le *I-wân-pi-làn* définissent le même caractère par 細毛布也 *si mâo pòu yé*, « vêtement de fin *poil*. » On lit dans l'histoire des *Thâng*, section de la Géographie (citée dans *Khâng-hi*) : « Quant à ceux de la route de droite, « pleine d'obstacles (*loûng yeòu taó*), leur tribut « consistait en étoffes de laine nommée *mâo-hŏ*, et « en *pĕ-tï* 白氎 (*fine laine blanche*). » Et encore : « Le tribut des *Thou-fan* (ou Thibétains) consistait « en 霞氎 *hiâ-tï*, « fine laine semblable à des nua- « ges de couleur rouge. » Maintenant, ajoute le *I-wân-pi-làn*, cette étoffe de laine est appelée « *étoffe* « *de laine rouge nommée páng-ló.* »

Encore une fois, cela est-il assez clair? Le *coton* croît-il sur le dos des chèvres du Thibet?

M. Julien veut-il encore d'autres preuves? Ni Morrison, ni Gonçalves, dans leurs dictionnaires *Anglais-chinois* et *Portugais-chinois*, ne traduisent le mot *coton* par le caractère 氎 *tï.* M. Medhurst, dans son dictionnaire du dialecte du *Fŏ-kiàn* (Macao, 1832), définit ce caractère par *cloth made of fine hair*, « drap fait de fin *poil*, de fine *laine.* »

La *soie écrue* est celle que l'on tire sans feu et que l'on dévide sans faire bouillir le cocon. Le dictionnaire de Morrison (2ᵉ partie, n° 9675), définit le carac- tère 絲 *ssé* par *raw silk*, « soie écrue; » que cette

soie vienne de vers à soie sauvages, *qui vivent sur
les arbres*, ou de toute autre espèce ; qu'elle soit *brune*
ou *jaune*, ce n'est pas là la question : elle est *écrue*
ou non écrue, c'est-à-dire, *elle a été tirée sans feu
et dévidée sans faire bouillir le cocon*, ou elle n'a pas
été préparée ainsi. La *couleur* n'y fait rien, ni son
origine ; ce n'est pas la *couleur de la soie* que désigne
le mot *écrue*, c'est son genre de *préparation*. Or, c'est
précisément le genre de *préparation*, la *soie écrue* que
désigne le caractère 絲 *ssé*, d'après Morrison et Gonçalves : *raw silk :* 湖絲 *hoû ssê; seda crua :* 湖絲
hôu ssê, 蚕絲 *thsân ssê.* M. Medhurst, dans son
dictionnaire du dialecte de *Fŏ-kiàn*, définit le même
caractère par : *Raw silk, as it is spun by the silkworm;*
« soie écrue, comme elle est filée par le ver à soie. »
Cela est assez clair. On lui donne ordinairement l'é-
pithète de 湖 *hoû*, parce qu'on la tire principale-
ment du département de *Ou-tchéou*, dans la province
de *Tché-kiang*.

Selon la géographie des *Ming*, on en tirait de chaque district de cette province. « La *soie écrue (raw-
« silk)* de *Nan-king*, dit M. Bridgman, dans sa Chres-
« tomathie chinoise du dialecte de Canton[1], est ap-
« pelée *ù sz' (hôu-ssê)*, ou *soie des lacs*, du nom du
« département d'*Uchau (hou-tchéou)*, dans le *Chitkóng
« (Tché-kiang)*, où une certaine espèce de soie, la
« plus fine, est cultivée ; mais ce terme est ici ap-

---

[1] *A Chinese Chrestomathy in the Canton dialect.* China, 1839. Première partie, pag. 263.

« pliqué (*en langage commercial*) dans un sens plus
« large, comprenant *toute la soie écrue* (*all the raw*
« *silk*), qui est apportée (sur le marché de *Canton*)
« des provinces du nord, dont la plus grande partie
« vient de *Chítkong* (*Tché-kiang*) et de *Kóngsú* (*Kiang-*
« *sou*). » Le *Loŭ choŭ koŭ* définit ainsi le caractère
絲 *ssé* : 象絲出於繭 *siáng ssé tchoŭ iŭ kiàn*,
« il figure la soie sortie du cocon. » Il ajoute qu'en
style antique, ou de *forme figurative*, il représente
ce que les vers à soie vomissent de leur sein ;
qu'il est formé de deux signes de la soie 糸 *mĭ*. *Soŭ*
kiàï a dit : « ce qu'un ver à soie vomit est un *fil*
« *simple*, 忽 *hŏ* ; dix fils simples forment un 絲 *ssé* ;
« le 糸 *mĭ* est composé de cinq fils simples. » Les fils
simples qui forment les fils composés, sont tirés de
divers cocons. C'est donc bien de *soie écrue* qu'il est
question dans le texte. J'ajouterai encore que dans
le *Choŭ-king*, au chapitre *Yu-kong*, Gaubil a toujours
traduit le caractère 絲 *ssé*, par *soie écrue* [1]. Il n'y
aurait plus qu'une question à se faire maintenant ;

---

[1] Pag. 45 et 46, édit. de Deguignes, et pag. 62, édit. revue et
donnée par moi dans le volume intitulé : *Livres sacrés de l'Orient*.
Paris, 1840, gr. in-8° à deux colonnes.

C'est très-vraisemblablement de ce mot 絲 *ssé*, «soie écrue,»
connu et employé très-anciennement par les auteurs chinois, qu'est
venu le nom de Σήρ et son dérivé σηριϰόν, ainsi que les mots latins *Serica, Sericum*. Comme les Chinois, dès la plus haute anti-
quité, élevaient des vers à soie et faisaient un grand commerce de
leur produit, les anciens les nommèrent *Sères* et leur pays *Sérique*.
La voyelle longue *é* s'est même conservée en grec et en latin.

la soie *produite par des vers à soie sauvages* est-elle de
la *soie écrue*, ou, en d'autres termes, est-elle de la
*soie tirée sans feu et dévidée sans qu'on ait fait bouillir
les cocons?* Cela est plus que probable, puisque d'a-
bord, l'auteur chinois a employé pour désigner cette
soie le mot 絲 *ssé*, défini par les sinologues anglais
et portugais résidant en Chine, *soie écrue* (*raw-silk*,
séda crua), et ensuite parce que cette soie de vers
à soie sauvages, étant pour ainsi dire produite naturellement, est employée aussi le plus naturellement
possible. Cette dernière supposition devient un fait
certain à propos de l'Inde, où la culture et la préparation de la soie n'est pas poussée à beaucoup près
aussi loin qu'en Chine. Je ne vois donc pas ce qui
a pu autoriser M. Julien à me reprocher d'avoir
pris ce qu'il appelle de la *soie brune* pour de la *soie
écrue*.

J'arrive maintenant au caractère 麻 *má*, que
mon adversaire me reproche d'avoir traduit par *lin*,
au lieu de *chanvre*.

Le P. Basile traduit, il est vrai, ce caractère par
clavis cannabis, cannabis; mais nous verrons bientôt
que cette définition n'est pas complète, non plus
que celle de Morrison (IIe p. n° 7473), qui traduit
cependant (Dict. anglais-chinois), le *lin* (*flax*) et le
chanvre (*hemp*) par le même caractère chinois 麻
mä: le *lin* et le *chanvre* étant représentés souvent en
chinois par ce même caractère. Gonçalves (Dict.
port.-chin.) traduit le mot *linho*, «lin,» par 古月麻

hoû mâ, et *panno de linho*, « toile de lin, » par 麻布 *mâ poú*; il est vrai qu'il traduit aussi le *chanvre, câ-namo*, par 麻 *mâ*. Jusqu'ici, d'après ces deux autorités européennes, le *lin* et le *chanvre* paraîtraient confondus, et ces deux plantes textiles, très-différentes quant à la forme végétale, seraient exprimées en chinois par le même caractère. Les autorités chinoises ne sont guère plus explicites.

Le *Choüë-wên* identifie ce caractère avec 枲 *pâ*, que le même dictionnaire définit par : *nom général des fleurs*, en ajoutant *que c'est quelque chose qui exprime ce qui est* ténu, petit, subtil, *lequel devient encore plus* ténu, *plus* petit, *plus* subtil *par l'art* : 枲之爲言微也微纖爲功 *pâ tchi wéi yân wéi yé; wéi siên wéi koûng.* Le 玉篇 *yŭ-phiân*, cité dans *Khâng-hi*, définit le caractère 麻 *mâ* par : *plante de la famille du chanvre :* 枲屬也 *si choŭ yé;* ajoutant *que la pellicule, étant filée et tissée, forme des étoffes pour vétements, et que la graine peut être mangée.* Il n'y a que le *lin* (*linum sativum*) auquel cette description puisse convenir, car c'est une plante textile *de la famille chanvre*, qui produit de la *graine* dont on fait différents usages, tandis que le *chanvre textile ou mâle*, celui que l'on emploie pour faire des vêtements, ne *produit pas de graines;* il n'y a que le *chanvre*[1]

---

[1] Les cultivateurs, trompés par la forme du chanvre *femelle*, qui est beaucoup plus fort, plus développé que le chanvre *mâle*, nomment le premier chanvre *mâle*.

femelle, le gros chanvre, non employé à cet usage, qui en produise.

Le 大麻 *tá má*, « grand lin[1], » disent le dictionnaire de *Khâng-hí*, et le *I-wân-pi-làn*, « qui a de la « graine, se nomme 苴 *tsoû;* celui qui n'a pas de « graine, se nomme 枲 *sĭ*. D'après le *Pèn-thsào*, « an-« cien herbier chinois, » le *chanvre mâle* se nomme 枲麻牡麻 *sĭ-má, moù-má ;* le *chanvre femelle* est le 苴麻芋麻 *tsoù-má, tseù-má*. Le *Lou choû thsîng wén* donne à peu près les mêmes définitions. C'est le caractère 枲 *sĭ* qui est toujours employé dans le *Choû-kîng* pour désigner le *chanvre*.

Il me semble donc bien démontré que 麻 *má*, seul, sans l'épithète de 大 *tá*, « grand, » ou autre, désigne le *lin* et non le *chanvre;* ce n'est qu'abusivement qu'il pourrait avoir ce dernier sens. La critique de M. Julien n'est donc pas plus fondée que les précédentes. Elle peut l'être d'autant moins que notre auteur ne parle pas de la Chine, où l'on cultive plus le *chanvre* que le *lin*, mais de l'Inde où, au contraire, on ne cultive le chanvre, dans le nord-ouest et le sud-ouest, qu'en *très-petite quantité*, et seulement pour faire des filets destinés à prendre

Cette désignation de *grand* donnée à 麻 *má*, fait bien voir que ce caractère signifie *lin* et non *chanvre;* car s'il désignait seul *le chanvre*, les lexicographes chinois ne lui donneraient pas l'épithète de 大 *tá*, « grand, » et les deux espèces *mâle* et *femelle* ne seraient pas classées sous cette même dénomination.

les oiseaux, tandis que le *lin* est cultivé en *très-grande
quantité* dans toute l'Inde[1]. Le vêtement en question
des habitants de l'Inde ne pouvait donc pas être de
chanvre, mais de *lin*. Cette culture générale du *lin*,
à l'exclusion presque complète du *chanvre*, n'est pas
nouvelle, puisque Quinte-Curce, l'historien d'Alexandre, dit en parlant de l'Inde : « *Terra lini ferax; unde
« plerisque sunt vestes.* » (Lib. VIII, cap. ix.) Cela est
assez clair. Comment donc qualifier les paroles que
j'ai citées en tête de ce paragraphe, où M. Julien,
après avoir dit : « M. Pauthier prend le coton pour
« de la *laine*, la soie brune des vers à soie sauvages
« pour de la *soie écrue*, le lin pour le *chanvre* (lisez :
« le chanvre pour le *lin*) » s'écrie : *mais passons :*
« ces sortes de fautes sont trop nombreuses pour
« être enregistrées ici. »

Je laisse aux lecteurs le soin de caractériser une
pareille critique.

27. M. Julien prétend *s'être abstenu d'examiner
ma traduction, qui occupe les pages 456, 457 et une partie
de la page 458, parce qu'il aurait fallu qu'il en refît la
traduction en entier, le morceau étant rendu d'une manière si fautive.* (On vient de voir précédemment lequel, de mon critique ou de moi, a le mieux compris

---

[1] Le lin (*linum usitatissimum*) se nomme en sanscrit अतसी
atasí, उमा *oumâ*; sa graine, क्षुमा *kchoumá*. Le chanvre (*cannabis sa-
tiva*) se nomme मातुलानी *mâtoulâni*, भङ्गा *bhangá*; mais, selon Colebrooke (*Amara-kôcha*), quelques commentateurs confondent cette
dernière plante avec le lin, d'autres avec le crotalaire. C'est une
preuve qu'elle n'est pas commune dans l'Inde.

le texte chinois.) M. Julien recommence sa critique
en prenant la dernière phrase du paragraphe où il a
trouvé *les trois prétendus contre-sens* réfutés ci-dessus,
et où il a l'incroyable aplomb de dire à ses lecteurs :
Mais passons ; voulant leur faire croire qu'il laisse de
côté, comme indigne de sa haute critique, un *morceau* considérable, lorsqu'il ne fait que *passer* à une
phrase de *dix-huit mots* plus loin.

Il n'est pas vrai de dire que les deux caractères
緝績 *thsĭ tsĭ*, signifient *filer*, et non *tisser à la main*,
comme je les ai traduits. Basile les définit ainsi :
緝 *thsĭ*, « connectere, continuare; » 績 *tsĭ*, « nego-
« tium, facinus perficere, complere, absolvere,
« finire, terminare, connectere, unum cum altero
« jungere. » Ils ne signifient pas *filer*, car on emploie
d'autres caractères en chinois pour rendre cette
idée; l'onomatopée seule des deux mots *thsĭ-tsĭ* suffirait pour prouver à M. Julien qu'ils n'ont pas le
sens de *filer,* mais de *tisser.* Ils comprennent ces
deux idées à la fois, et signifient proprement: *con-
fectionner,* c'est-à-dire faire tout le travail de main-
d'œuvre nécessaire pour que, la matière première
(*le poil des animaux sauvages*) étant donnée, il en
résulte une étoffe propre à faire des vêtements. On
m'accordera que, dans l'Inde, le *tissage des étoffes*
ne se fait pas au métier, mais *à la main;* cela est
surtout vrai pour l'époque dont il est question
(630 à 640 de notre ère). La critique de M. Julien
porte donc à faux, surtout lorsqu'il ajoute, entre

parenthèses, à ma traduction : « c'est pourquoi elles
« ont beaucoup de valeur » ces mots : *parce qu'elles
sont tissues à la main !* Vous ignorez donc, mon-
sieur le professeur, que les châles de cachemire
fabriqués dans l'Inde, n'ont, sur les marchés d'Europe, un prix beaucoup plus élevé que les cachemires français (fabriqués au métier, et bien plus élé-
gants de dessin, de façon et d'égalité dans le tissu),
que parce que les cachemires de l'Inde sont *tissus
à la main ?*

Mais examinons la traduction de M. le professeur.

« Ces poils (d'animaux sauvages) sont fins, souples
« et *susceptibles d'êtres filés.* C'est pourquoi on les estime
« beaucoup, et on les emploie à faire des habits. »

Il me semble qu'il est un peu difficile d'employer
des *poils susceptibles d'être filés* à *faire des habits*, si
l'on n'a pas fait préalablement (comme je l'ai exprimé dans ma traduction) un *tissu* de ces mêmes
poils filés.

M. Julien n'y regarde pas de si près ; son affirmation n'est-elle pas au-dessus du simple bon sens ?

28. M. Julien émet ici une doctrine grammaticale qu'il expose en ces termes : « En chinois,
« lorsque deux substantifs sont suivi de deux épi-
« thètes, elles (les substantifs ? Si ce sont les *épithètes*,
« la grammaire française exigeait *celles-ci*, au lieu de
« *elles*) deviennent des verbes neutres dont le premier
« se rapporte au second substantif, et le suivant au
« premier. » Cette doctrine, pour être nouvelle, n'en
est pas plus vraie. L'exemple que M. Julien cite à

l'appui de son étrange théorie, suppose admis et prouvé ce qui n'est qu'en question. Je ne rapporterai ici qu'un seul exemple puisé dans un ouvrage classique, et qui renversera de fond en comble l'échafaudage de M. le professeur; c'est la première phrase du 千字文 *thsîan tseŭ wên*, ou « *Livre des mille* « *mots*, » ainsi conçue : 天地玄黃 *thiân thî hioŭan hoâng*, littéralement : *cœlum, terra : cœruleum, flava;* c'est-à-dire : *le ciel est bleu, la terre est jaune.* C'est le sens naturel, le sens grammatical, qui est d'ailleurs confirmé surabondamment par le commentaire, ainsi conçu : 天員而色黑。地方而色黃。 « *le ciel est rond et sa couleur est noire (ou foncée); la* « *terre est carrée et sa couleur est jaune.* » Eh bien! d'après la nouvelle et étrange doctrine de M. le professeur Julien, qui veut que « *lorsque deux épithètes sui-* « *vent deux substantifs* (c'est ici le cas ou jamais), « *ces épithètes deviennent des verbes neutres dont le pre-* « *mier se rapporte au second substantif, et le suivant* « *au premier;* » d'après cette doctrine, dis-je, il faudrait traduire ainsi la phrase ci-dessus : *le ciel jaunit, la terre bleuit;* ou : *le ciel est jaune, la terre est bleue;* ce qui est précisément le contraire de la vérité.

Si ce sont là les théories grammaticales qui servent de *boussole* à M. le professeur du Collége de France, je crains beaucoup pour son navire.

Le même ouvrage élémentaire classique, écrit en phrases métriques de quatre caractères, avec rimes, présente plusieurs exemples de constructions semblables à la phrase que j'ai citée ci-dessus; et dans *tous* ces exemples, la *première épithète* répond au *premier substantif* qui précède, et la *seconde* au *second*, contrairement à la théorie bouffonne de M. Julien. Il y a près de *douze ans* que M. Julien a annoncé une traduction du *Thsiân-tseú-wên* et du *Sân-tseú-king*. Si cette traduction inédite est faite d'après les principes grammaticaux professés dans l'Examen critique, on peut être sûr d'avance qu'elle ne ressemblera à aucune de celles qui l'auront précédée.

Si j'ai rendu le mot 烈 *liĕ*, par *chaleur* et non par *violent*, c'est que j'y étais autorisé par les dictionnaires chinois. Le *Choŭë-wên* définit 烈 *liĕ*, par *feu violent;* 火猛也 *hò mèng yĕ;* le *Yù-phiân*, par *chaleur, chaud :* 熱也 *jĕ yĕ*. L'acception de *violent* n'est que secondaire et ne se prend qu'au *figuré;* on ne pourrait donc pas le dire du *vent* 風 *foŭng*, auquel, d'ailleurs, 烈 *liĕ* ne peut se rapporter comme qualificatif, ainsi que je l'ai démontré ci-dessus. Toutes les observations critiques de M. Julien sont ici sans fondement.

29. 同 *thoŭng*, n'a jamais signifié *ressembler*, comme le traduit M. Julien; ce caractère indique des rapports complets d'*identité*, de *conformité*, de *concordance*. Basile le traduit par *cum, simul, idem, convenire*. La *ressemblance* proprement dite est exprimée, en chinois, par d'autres caractères. J'ai donc eu raison de le traduire ainsi que je l'ai traduit, et de le séparer des deux caractères qui suivent, avec

lesquels on ne peut pas le construire comme M. Julien, sans faire dire à l'auteur une contre-vérité
historique, à savoir : « que les vêtements des Indiens
« *ressemblent beaucoup à ceux des peuples barbares.* » Je
maintiens ma traduction de cette phrase comme
très-exacte, et M. Julien, à la manière dont il l'a
ponctuée et traduite, prouve qu'il ne l'a pas en-
tendue. Il n'est donc pas vrai de dire que la signification des quatre derniers caractères ne *s'applique
qu'aux vêtements des hérétiques.*

M. Julien ne fait qu'une critique ridicule en disant
que *j'emploie neuf mots pour rendre les mots* 外 道
wäï-taò, et en ajoutant : *il fallait dire simplement* « les
« hérétiques ». Les deux caractères chinois 外 道
wäï-táo, signifient littéralement : *doctrines extérieures.*
Je les ai traduits par : *ceux qui professent des doctrines
étrangères aux croyances communes;* c'est le véritable
sens que ces deux caractères ont dans la phrase en
question. Le mot *hérétiques* est assurément plus la-
conique, mais il ne rend pas aussi bien l'idée exprimée dans le texte, et il a de plus l'inconvénient
d'être un terme spécial de nos controverses reli-
gieuses. En outre, le mot *hérétique*, pour des *Brâhmanes*, comprendrait aussi bien les *bouddhistes* que
les autres sectes hétérodoxes dont il est question,
ce que l'auteur, qui professait la doctrine bouddhique,
n'avait certainement pas en vue.

30. Il a été question, dans la phrase précédente
des *vêtements* bizarres et étranges de ceux qui pro-

fessent des doctrines hétérodoxes (je me borne à ces
derniers). Dans la phrase qui nous occupe et dans
plusieurs de celles qui suivent, l'auteur chinois cite
des exemples de ces *vétements singuliers*. Or, si l'on
traduit comme M. Julien : *les uns se parent d'une queue
de paon*, on fait connaître un singulier *vétement* ou
costume. Et, remarquez encore l'inconséquence de
mon critique; il dit que « 衣 *i* et 服 *fo* (vulgo *se vétir
« de*) ont quelquefois la même extension que le mot
« français *porter* (ce mot se trouve dans ma traduc-
« tion), en parlant des parties de l'habillement ou
« des parures, » et il le traduit par : *se parent*, terme
qui se rend en chinois par des caractères spéciaux.

31. M. Julien a omis ici une phrase du texte et
de ma traduction, laquelle est ainsi conçue : «Les
« autres portent des colliers de crânes desséchés. »
Il passe de suite à celle qu'il reproduit sous ce numéro,
et qu'il a ainsi retraduite : « Quelques-uns ne portent
« pas de vêtements et vont nus. » Ce *costume-ci offre*
en effet *un mélange bizarre* et *une façon* (ou coupe)
étrange! (Voyez § 29.) Et comme M. le professeur
est bien fondé à écrire en grosses lettres capitales,
avec point d'admiration, entre parenthèses, ces mots.
LA FORME DE LA ROSÉE! Cette expression, comme beaucoup d'autres dont on se sert dans toutes les langues,
ne doit pas être prise grossièrement à la lettre, car
il est facile d'en découvrir le sens figuré. C'est une
expression technique et voilée, pour dire que les
vêtements de ces sectaires sont *transparents comme la*

rosée qui laisse voir les objets qu'elle couvre, en d'autres termes, qu'ils vont *nus*. Mais l'expression voilée devait être respectée. Les deux caractères 露形 *loŭ hîng* sont eux-mêmes, comme je l'ai fait observer en note, avec les deux caractères qui les précèdent, la traduction des termes sanscrits विवास *vivâsa*, « sans vêtement, » मुक्ताम्बर *mouktâmbara*, « dé- « pouillé de vêtements, » दिगम्बर *digambara*, « vêtu « par les régions de l'espace, nu, » termes qui dé-signent des जैन *djaïnas*, que l'illustre Colebrooke a fait connaître dans ses Essais sur la philosophie des Hindous. Je crois donc avoir prouvé jusqu'ici à M. Julien, dans ma réponse, que si l'un de nous deux écrit quelque chose *sans s'embarrasser si cela a un sens*, c'est celui qui fait *coïncider* les saisons ainsi que les calendriers indien et chinois, qui invente *un oiseau, un coq pour présider au matin;* en un mot, qui a imprimé et répandu avec une profusion sans exemple une critique aussi mal pensée que mal écrite et mal fondée.

Il y a encore ici une lacune de près de deux pages, dont M. Julien, selon son habitude, n'a pas fait mention. Le passage omis par lui était bien propre, cependant, à exercer sa pénétration et sa critique.

FIN.

NOTE.

La Commission du Journal asiatique ayant témoigné le désir de me voir discontinuer la réfutation de la critique de M. Julien, ce qui en a été imprimé lui paraissant suffisant pour mettre à même les personnes compétentes de porter un jugement éclairé et équitable sur la valeur de cette même critique, et voulant clore une polémique que mon adversaire menaçait de prolonger indéfiniment, j'ai dû déférer à ce désir en laissant aux lecteurs impartiaux le soin de relever eux-mêmes tout ce que cette critique a d'étrange et d'erroné. Ce travail ne sera assurément pas peu fastidieux pour eux. L'examen que j'ai fait des trente et un premiers paragraphes, sur les cent quarante qui la composent, suffira pour leur en donner une idée.

La satisfaction d'amour-propre que je pourrais retirer de la continuation de ma Réponse est à mes yeux de fort peu de valeur. J'abandonne volontiers ces misérables jouissances à ceux qui les recherchent avec tant d'avidité, et souvent aussi, il faut le dire, avec un sentiment si peu prononcé de la justice et de la moralité de leurs actions. D'ailleurs, comme je l'ai déjà dit, la critique de M. Julien est maintenant jugée.

G. P.